ΦΟΝΟΣ ΣΤΑ ΒΡΑΧΙΑ

MURDER ON THE ROCKS

A murder mystery in intermediate Greek

ALEXIS TAKVORIAN

Illustrated by Elena Chaldaiou

Dedicated to my godparents Yannis and Jacqueline Oikonomou who bought me a beautiful blue gray Olivetti typewriter in my very early teenage years, back when getting my hands on a typewriter felt like the ultimate level of bliss

CONTENTS

ABOUT THE AUTHOR

 Alexis Takvorian is a native of Thessaloniki, Greece, who currently lives in Austin, Texas.

He started learning German at the age of four and has been fascinated by foreign languages ever since. He now speaks five of them, in addition to his native Greek, and has dabbled in a few more.

While a student in Karlsruhe, Germany, he started teaching Greek at the local community college to make some extra money and he found the experience very rewarding. After moving to Austin for graduate school, he continued teaching Greek for many years at the Informal Classes program of the University of Texas.

For over thirty-five years, he has also freelanced as a Greek translator and interpreter (ataklanguageservices.com), and he is a member of the American Translators Association.

In real life, he is a supply chain executive who loves math and data. However, what he loves the most is travel – he will hop on a plane, train, boat, car or whatever, anytime he can, so that he can travel the world and get to experience the beauty of different people, places, cultures, and languages!

ABOUT THE ILLUSTRATOR

Elena Chaldaiou is a prolific teenager who lives in Athens, Greece. She is currently in her junior year of high school at the "Deutsche Schule Athen" (German High School of Athens).

Aside from her native Greek, she is fluent in German and English and she has been learning Japanese enthusiastically for several years.

In her free time, she enjoys listening to music (a passion inherited by her extreme audiophile father) and playing the electric guitar. Occasionally, she might also pick up a pencil and paper and draw something...

Just like the author of the book did a generation before her, Elena too has spent several memorable summers at the YMCA camp in Ai Giannis on the magical mountain of Pelion.

HOW TO USE THIS BOOK

Here are some tips that may help you get the most out of this book and make the reading experience as enjoyable as possible.

Read slowly and deliberately! There is no rush to finish the book, so read a chapter or section all the way through, looking first only to understand the general plot.

As you encounter new words, make a note of them if you wish, but don't look up every single one right away; instead, try to understand them from the context. Some words in the text will be highlighted in **bold** and will be part of a vocabulary list at the end of each chapter that can help you fill in some of the blanks.

After finishing a chapter, check if you're comfortable that you understood it well. If not, go back and read it again, this time with more emphasis on specific words or phrases that seemed difficult the first time around.

If you still don't feel confident, then, and only then, go to the English translation section in the back part of the book. The translation is deliberately intended to be as close to the Greek text as possible, even at the expense of the English sometimes sounding less "natural" than the way a native speaker would have written it. The idea is to make it as easy as possible to compare the English text to the Greek original in order to facilitate the learning.

At the end of each chapter, you will find comprehension and learning elements that are intended to enhance your understanding of the text and to also teach or reinforce some aspects of the language and/or the culture.

First, there will be a short summary that you are invited to translate into Greek. Then, you'll find a vocabulary list for your review. Verbs will be shown in the first-person present tense form; nouns will be shown in the gender in which they appear in the text, along with the corresponding plural form; adjectives will be shown in all three gender forms in the singular. Finally, there will be one or more fun exercises that highlight some element of the language. (You can check your answers against the Answer Key in the back of the book.)

Note that there are a few blank pages at the end of the English translation section. Since this is a murder mystery, you might want to take some notes of things that appear important to the story. Along those lines, there are a lot of personalities showing up in this book; you might consider making a list as the mystery unfolds.

Last but not least, remember to be kind to yourself! Instead of worrying about what you didn't understand, be proud of yourself for all that you did understand! Then, when you reach the end of the story, pat yourself on the back for your achievement!

Enjoy!

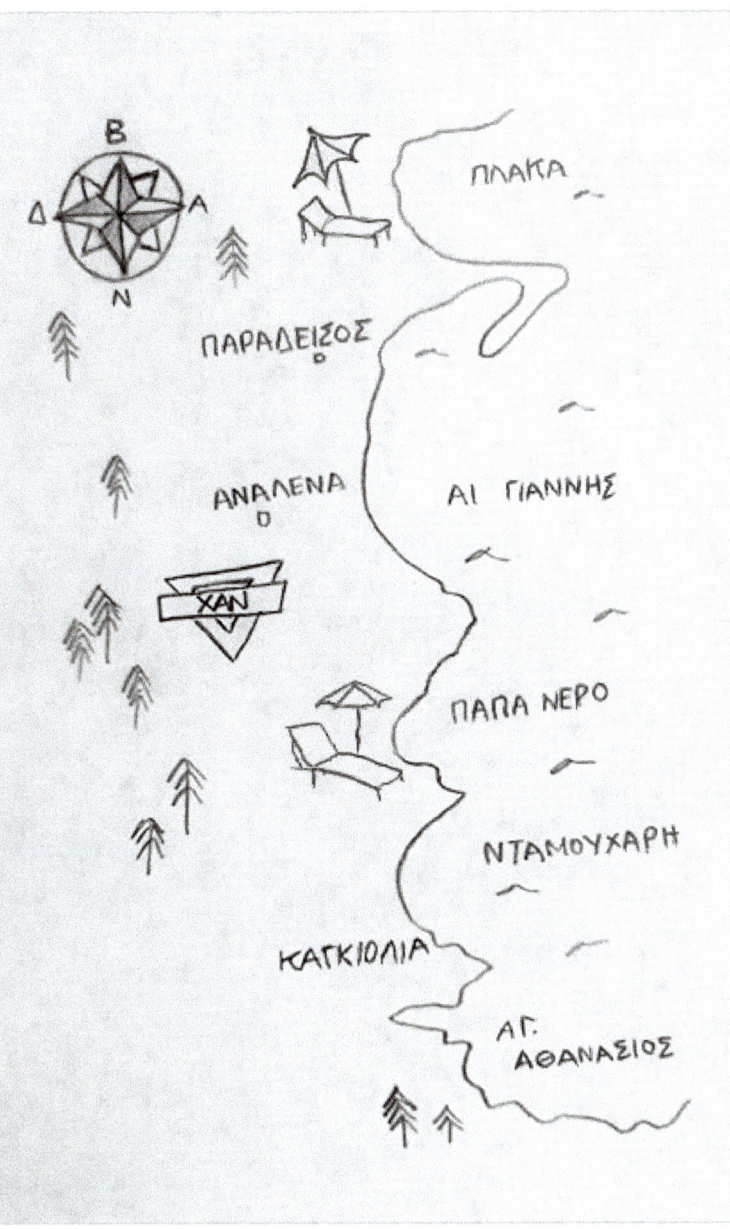

ΠΡΟΛΟΓΟΣ

Κάθε Ιούλιο, το μικρό **παραθαλάσσιο** χωριό του Αϊ-Γιάννη στο μαγευτικό βουνό του Πηλίου γεμίζει από ζωή. Επισκέπτες από όλον τον κόσμο έρχονται εδώ για να κάνουν διακοπές με τις οικογένειές τους. **Χαίρονται** τη γαλάζια θάλασσα και τις όμορφες παραλίες, αναπνέουν τον καθαρό αέρα της εξοχής, και **διασκεδάζουν** με τους φίλους τους μακριά από την καθημερινή ρουτίνα.

Το χωριό απλώνεται κατά μήκος της παραλίας. Ένας μοναδικός δρόμος για αυτοκίνητα χωρίζει την παραλία από τα ξενοδοχεία, τα μαγαζιά, τα καφέ και τις ταβέρνες του χωριού. Κάποια στενά **σοκάκια**, πάνω από τον κεντρικό δρόμο, οδηγούν στα σπίτια των **ντόπιων**.

Στη βόρεια άκρη του χωριού είναι το μικρό λιμανάκι με ψαρόβαρκες και μικρά **σκάφη**. Πέρα απ' το λιμανάκι, είναι η *Πλάκα*, μία από τις ωραιότερες παραλίες του Πηλίου, **κρυμμένη** πίσω από κάτι μεγάλα βράχια.

Στην άλλη άκρη του χωριού, μετά τα τελευταία σπίτια, κατεβαίνει ένα **ρέμα** από το βουνό. Δίπλα στο ρέμα βρίσκεται η περίφημη **κατασκήνωση** της ΧΑΝ. Παιδιά από όλη την Ελλάδα περνούν **αξέχαστες** μέρες εδώ κάθε καλοκαίρι. Όταν μεγαλώσουν, πολλοί παλιοί κατασκηνωτές γυρίζουν ξανά στον Αϊ-Γιάννη για λίγες μέρες τα καλοκαίρια και συναντιούνται με τους παλιούς τους φίλους.

Νότια απ' το ρέμα, είναι μια άλλη όμορφη παραλία, το *Παπά Νερό*. Πολλοί **προτιμούν** να έρχονται εδώ για μπάνιο, γιατί είναι εύκολο να φτάσεις με τα πόδια και γιατί έχει καφέ κι εστιατόρια. Έτσι, όταν θέλεις να ξεκουραστείς από τον ήλιο, μπορείς να φας και να πιείς χωρίς να χρειάζεται να γυρίσεις πίσω στο χωριό.

Η ζωή στον Αϊ-Γιάννη αυτές τις μέρες είναι πολύ απλή. Ορισμένοι επισκέπτες ξυπνούνε νωρίς το πρωί και πάνε για μπάνιο πριν αρχίσει η μεγάλη ζέστη, ενώ άλλοι σηκώνονται πιο αργά και παίρνουν το πρωινό τους χωρίς να **βιάζονται**.

Σιγά σιγά, ανοίγουν τα μαγαζιά στο χωριό. Πρώτα οι φούρνοι με τα υπέροχα ψωμιά, τις τυρόπιτες και τα κουλουράκια, μετά τα μικρά μάρκετ που πουλάνε λίγο από τα πάντα, μετά τα καφέ δίπλα στη θάλασσα. Αργότερα, ανοίγουν τα λίγα μικρά μαγαζιά που πουλάνε ρούχα, μαγιό, καπέλα και σουβενίρ. Μαζί τους ανοίγουν και οι ταβέρνες που αρχίζουν να καθαρίζουν τα τραπέζια και τις καρέκλες και να ετοιμάζουν τα φαγητά τους.

Γύρω στις έντεκα, αρχίζουν να γεμίζουν οι παραλίες με κόσμο. Παντού βλέπεις ομπρέλες και πετσέτες στην άμμο. Ο κόσμος **απολαμβάνει** τον ήλιο που καίει και τη γαλάζια θάλασσα που τους δροσίζει. Στο *Παπά Νερό* κατεβαίνουν οι κατασκηνωτές της ΧΑΝ για το πρώτο μπάνιο της ημέρας. Θα ξαναέρθουν το απόγευμα για το δεύτερο μπάνιο, για καγιάκ, και για παιχνίδια στην άμμο.

Το βράδυ ο κόσμος ετοιμάζεται να βγει στις ταβέρνες του χωριού για φαγητό. Αν θέλεις μπιφτέκια και κρεατικά, μπορείς να φας στην *Αφασία*. Αν θέλεις **μαγειρευτά**, μπορείς να φας στο *Ιντερμέτσο*. Αν θέλεις ψαρικά, μπορείς να φας στον *Επαμεινώνδα*. Αν θέλεις κάτι άλλο, μπορείς να πας στον *Χρηστολιά*. Το χωριό έχει κάτι για όλους!

Μετά το φαγητό, πρέπει να κάνεις μια βόλτα πάνω κάτω στην παραλία και μετά μπορείς να πας για μόκα παγωτό στο *Παστέλι* ή για πίτα πορτοκάλι στον *Γέφυρο* ή για ποτάκι στο *Κάβο Ντόρο* ή βέβαια για κρέπες στον *Λίβα* (που έχει και φανταστικό γύρο).

Για διασκέδαση το βράδυ, θα πας στον *Παράδεισο*, το μοναδικό μπαράκι στο χωριό. Ο *Παράδεισος* είναι σε ωραία θέση, αμέσως μετά το εκκλησάκι της Αναλήψεως του Κυρίου. Επειδή είναι κάτω από έναν τεράστιο πλάτανο, έχει πάντοτε δροσιά. Τα ποτά του είναι μοναδικά, η μουσική είναι εξαιρετική και η παρέα πάντα ευχάριστη.

Ποιος δεν θα ήθελε να περάσει λίγες μέρες το καλοκαίρι στο μαγικό αυτό χωριό;

COMPREHENSION & LEARNING ELEMENTS

SUMMARY (Translate into Greek)

Ai Giannis is a small seaside village on Pelion. It has several beautiful beaches, and, in July, it is full of visitors. They enjoy the clean air and the blue water. North of the village is the *Plaka* beach and south of the village, is the *Papa Nero* beach. The village has several restaurants and coffee shops, and the best bar is *Paradisos*.

VOCABULARY

- **παραθαλάσσιος/α/ο**   seaside
- **χαίρομαι**   to enjoy, to be glad
- **διασκεδάζω**   to have fun, to be entertained
- **το σοκάκι (τα σοκάκια)**   alley
- **ντόπιος/α/ο**   local (person or thing)
- **το σκάφος (τα σκάφη)**   boat, yacht
- **το ρέμα (τα ρέματα)**   creek
- **η κατασκήνωση (οι κατασκηνώσεις)**   camp
- **αξέχαστος/η/ο**   unforgettable
- **προτιμώ**   to prefer
- **βιάζομαι**   to be in a hurry
- **απολαμβάνω**   to enjoy
- **τα μαγειρευτά**   oven-baked dishes, stews

EXERCISE (True or False)

1. Ο Αϊ-Γιάννης είναι ψηλά στο βουνό   T   F

2. Το χωριό έχει μόνο έναν μεγάλο δρόμο   T   F

3. Η *Πλάκα* είναι εστιατόριο   T   F

4. Η κατασκήνωση της ΧΑΝ είναι για παιδιά   T   F

5. Το πρωί ανοίγουν πρώτα τα καφέ   T   F

6. Η *Αφασία* έχει τα καλύτερα ψάρια   T   F

7. Ο *Λίβας* έχει μόνο κρέπες για να φας   T   F

8. Ο *Παράδεισος* δεν είναι εκκλησία   T   F

EXERCISE (Comprehension)

1. Πού είναι το χωριό Αϊ-Γιάννης;

2. Είναι μεγάλο χωριό ο Αϊ-Γιάννης; Ποιες λέξεις ή εκφράσεις βοηθούν να απαντήσεις την ερώτηση;

3. Ξέρεις τα τέσσερα σημεία του ορίζοντα στα ελληνικά;

4. Πόσες φορές την ημέρα πηγαίνουν οι κατασκηνωτές για μπάνιο;

5. Ποιο είναι ένα καλό εστιατόριο για να φας ψάρια;

ΚΕΦΑΛΑΙΟ 1: Κυριακή πρωί

«Είμαστε έτοιμοι;» ρωτάει με σιγανή φωνή ο Τζωρτζίνος.

Είναι έξι το πρωί της Κυριακής και στην αυλή του ξενοδοχείου *Αναλένα*, που είναι το καλύτερο ξενοδοχείο του Αϊ-Γιάννη, έχει απόλυτη ησυχία. Η Άννα, η Λένα, ο Μάνος κι ο Μπίλης έχουν σηκωθεί από νωρίς κι ετοιμάζουν το πρωινό για τους πελάτες του ξενοδοχείου τους. Στον κήπο, κάτω απ' τις μουριές, δύο τουρίστες, ο Λυκ και η Αστρούντ, κάνουν γιόγκα.

«Ναι, να ξεκινήσουμε, γιατί θέλω να γυρίσω να φάω πρωινό – ψωμιά, βούτυρο, μαρμελάδα, αυγά, μπέικον και λίγο γλυκό» λέει ο Βασιλιάς, που ξυπνάει πεινασμένος κάθε μέρα.

«Περιμένετε, δεν είναι ακόμη εδώ ο Πρόεδρος...» λέει ο Σταμάτης.

«Νάτος, τον βλέπω!» λέει ο Ρότζερ και δείχνει τον Πρόεδρο που φτάνει με μια πετσέτα στον ώμο φορώντας το σέξυ μαγιό του.

«Καλημέρα, φιλαράκια», λέει ο Πρόεδρος «ξεκινάει άλλη μια όμορφη μέρα στο μικρό μας χωριό!»

«Καλημέρα, Πρόεδρε» απαντάει ο Τζωρτζίνος. «Λοιπόν, έτοιμοι; Πάμε!» και η παρέα ξεκινάει.

Οι πέντε φίλοι ξυπνούν νωρίς κάθε πρωί για να πάνε για μπάνιο στην παραλία του Αϊ-Γιάννη. Αρχηγός της παρέας είναι ο Τζωρτζίνος Σβάρος, παλιός γνωστός δάσκαλος του μπάσκετ που κολυμπάει κάθε μέρα, χειμώνα και καλοκαίρι, είτε στην πισίνα είτε στη θάλασσα.

Πίσω απ' τον Τζωρτζίνο ακολουθεί ο Κώστας Βασιλιάς, ένας ωραίος ψηλός άντρας, γεννηθείς το 1948, παλιός αθλητής και **προπονητής** του μπάσκετ, φίλος του Μάικ Σεσέφσκι και του Μπόμπυ Νάιτ και παλιός **χωροφύλακας**. Δίπλα του είναι ο καλός του φίλος Σταμάτης Σγουρός, με κλασσικό κορμί σωματοφύλακα και με τα πιο μεγάλα χέρια στον κόσμο. Αν κάποιος τον ενοχλήσει, μπορεί να τον **δείρει** με τα δυνατά του χέρια, αλλά συνήθως τα χρησιμοποιεί για να φτιάχνει φανταστικούς μεζέδες.

Ο Κώστας Γάταρος, που όλοι τον φωνάζουν «Πρόεδρο» γιατί είναι Πρόεδρος της Κοινότητας του Αϊ-Γιάννη, περπατάει μαζί με τον Ρότζερ Αλεξίου. Οι δυο τους είναι παλιοί φίλοι από τα **εφηβικά** τους χρόνια στην κατασκήνωση. Όταν μεγάλωσαν, ο Πρόεδρος έμεινε στην Ελλάδα κι ασχολήθηκε με την πολιτική, ενώ ο Ρότζερ έφυγε για την Αμερική κι εκεί έκανε εκατομμύρια δολάρια από τις δεκαεφτά **πετρελαιοπηγές** που έχει στο Τέξας.

Όπως κάθε πρωί, οι φίλοι θα περπατήσουν περίπου 500 μέτρα προς το ξενοδοχείο *Παλήνη*. Μέχρι εκεί, η ακτή έχει βράχια και δεν είναι εύκολο το μπάνιο, αλλά μπροστά από το *Παλήνη* σταματούν τα βράχια κι αρχίζει η ψιλή, κατάξανθη άμμος.

Η παρέα συνεχίζει σιγά σιγά το δρόμο της. Δεν μιλούν δυνατά μεταξύ τους γιατί το χωριό κοιμάται ακόμη.

«Βλέπετε κάτι εκεί κάτω στα βράχια;» ρωτάει ξαφνικά ο Τζωρτζίνος. «Τι είναι; Μοιάζει με έναν άνθρωπο ξαπλωμένο».

Οι φίλοι κοιτάζουν προς τα βράχια και πραγματικά βλέπουν έναν άντρα **μπρούμυτα** στα βράχια με τα χέρια απλωμένα. «Φαίνεται να κοιμάται» λέει ο Πρόεδρος «ας πάμε να δούμε από κοντά».

Ο Βασιλιάς, που είναι ο πιο σβέλτος, κατεβαίνει τρέχοντας και φτάνει πρώτος στον άντρα. Τον χτυπάει στην πλάτη και του λέει «Φίλε, τι κάνεις εδώ; Ξύπνα!» Ο άντρας δεν αντιδρά καθόλου κι ο Βασιλιάς τον **ταρακουνάει** ξανά. «Φίλε, είσαι καλά; Έλα, σήκω!»

Και πάλι ο άντρας δεν αντιδρά. «Ελάτε να τον γυρίσουμε» λέει ο Βασιλιάς στους άλλους μόλις φτάνουν κι αυτοί εκεί.

Οι φίλοι με προσοχή γυρίζουν τον άντρα ανάποδα και με τρόμο **διαπιστώνουν** ότι είναι ο φίλος τους, ο Ιάσονας, που δουλεύει στον *Παράδεισο*. Έχει ένα χτύπημα στο κεφάλι και δεν αναπνέει. Είναι νεκρός.

Όλοι τους είναι σοκαρισμένοι, κανένας δεν μπορεί να μιλήσει, αλλά οι σκέψεις τρέχουν στο μυαλό τους... «Πώς είναι δυνατόν; Άραγε, τι έγινε; Πώς βρέθηκε στα βράχια ο Ιάσονας; Ήταν ατύχημα; Μήπως κάτι άλλο;»

Μόλις **συνέρχεται** ο Πρόεδρος, καλεί τον γιατρό του χωριού, τον Τόπο Πετρούζη. «Γιατρέ μου, έγινε κάτι τρομερό» του λέει «σε χρειαζόμαστε αμέσως στην παραλία, στα βράχια λίγο πριν το *Παλήνη*, εκεί είμαστε!»

Μέσα σε πέντε λεπτά, ο γιατρός φτάνει κι εξετάζει προσεκτικά τον άντρα.

«Πέθανε από το χτύπημα στο κεφάλι, αλλά δεν νομίζω ότι έπεσε εδώ μόνος του. Μάλλον δεν είναι ατύχημα, φοβάμαι ότι έχουμε να κάνουμε με έναν φόνο! Πρέπει φυσικά να τον πάμε αμέσως στον Βόλο για νεκροψία» λέει ο γιατρός «θα καλέσω το **ασθενοφόρο**!»

«Φόνος στο χωριό μας; Δεν το πιστεύω!» λέει ο Πρόεδρος. «Το χωριό μας είναι πάντοτε ήσυχο, δεν υπάρχει ποτέ κίνδυνος. Τώρα τι θα κάνουμε, τι θα πουν οι τουρίστες μας;»

Αμέσως παίρνει τηλέφωνο τον Κώστα Φρυγανιά, τον **αστυνόμο** του χωριού, αλλά αυτός δεν απαντάει. Το μήνυμα λέει ότι λείπει ταξίδι με τη γυναίκα του στην Πάρο. «**Να πάρει ο διάολος**, πάλι λείπει ταξίδι ο Φρυγανιάς!» Ο Πρόεδρος θα πρέπει να λύσει το μυστήριο μόνος του!

Πριν φύγει, ο γιατρός πλησιάζει τον Βασιλιά και τον ρωτάει πώς πάει η διατροφή του. «Όλα καλά, γιατρέ» απαντάει ο Βασιλιάς «ακολουθώ αυστηρά τις οδηγίες σου. Και βέβαια, ναι στα **θράψαλα**, όχι στα καλαμάρια!»

Στο μεταξύ αρχίζουν να φτάνουν στα βράχια και οι υπόλοιποι φίλοι της παρέας. Είναι ο Μακ και ο Τακ, αχώριστοι από τα παιδικά τους χρόνια, μαζί με τις γυναίκες τους, τη Μάττυ και τη Ρίνα. Είναι η Διονυσία (που τη λένε και «Βασίλισσα») και η Νέλλυ, και φυσικά, είναι και η Κίττυ Παυλίδου, η αγαπημένη φίλη όλης της παρέας και η πιο γνωστή ντίβα της Αθήνας. Είναι όλοι τους σιωπηλοί και δεν μπορούν να κρύψουν την ταραχή τους!

Ο Βασιλιάς πηγαίνει κοντά στον Πρόεδρο και του λέει «Πρόεδρε, σου **υπόσχομαι** ότι θα βρούμε αυτόν που το έκανε αυτό! Ο **δολοφόνος** δεν θα γλυτώσει, θα τον πιάσουμε!»

COMPREHENSION & LEARNING ELEMENTS

SUMMARY (Translate into Greek)

Life in Ai Giannis is quiet in the summer. Coffee shops, restaurants, and shops open in the morning and slowly, the beaches fill with visitors. A group of five friends goes out for their morning swim, as they do every day. They see a man on the rocks by the beach, he is dead. They know him and they are shocked. What could have happened?

VOCABULARY

- **ο προπονητής (οι προπονητές)**   coach
- **δέρνω**   to beat up
- **εφηβικός/ή/ό**   teenage
- **η πετρελαιοπηγή (οι πετρελαιοπηγές)**   oil well
- **μπρούμυτα**   prone, face down
- **ταρακουνάω**   to shake someone/something
- **διαπιστώνω**   to determine, to discover
- **συνέρχομαι**   to recover
- **το ασθενοφόρο (τα ασθενοφόρα)**   ambulance
- **ο αστυνόμος (οι αστυνόμοι)**   policeman
- **Να πάρει ο διάολος**   darn it
- **το θράψαλο (τα θράψαλα)**   European flying squid
- **υπόσχομαι**   to promise
- **ο δολοφόνος (οι δολοφόνοι)**   murderer

EXERCISE (Matching)

Match the items on the left with the store in Ai Giannis where you can buy them.

Α	Καπέλο για τον ήλιο	1	Εστιατόριο
Β	Φρούτα	2	Καφέ
Γ	Φρέσκο ψωμί	3	Σούπερ μάρκετ
Δ	Μουσακά	4	Μαγαζί με ρούχα
Ε	Καφέ φραπέ	5	Μπαρ
Ζ	Ποτό με βότκα και πορτοκάλι	6	Φούρνος

EXERCISE (Etymology)

Several of the words in the vocabulary list above are compound words. Compound words are, in fact, very common in Greek and, with a little detective work and some imagination, guessing the meaning of new words becomes somewhat easier.

For example, the word **ασθενοφόρο** is made from the words *ασθενής* (patient) and *φέρω* (to bring, carry); and so, **ασθενοφόρο** is "the thing that carries patients," an ambulance. Or, look at the word **χωροφύλακας** that is made from the words *χώρος* (place, location, space) and *φύλακας* (guard); and so, a **χωροφύλακας** is "someone who guards a place," a gendarme.

What words make up each of the compound words below?

1. Παραθαλάσσιος: _____ + _____
2. Ψαρόβαρκα: _____ + _____
3. Καλοκαίρι: _____ + _____
4. Αυτοκίνητο: _____ + _____
5. Σωματοφύλακας: _____ + _____
6. Χρησιμοποιώ: _____ + _____
7. Τυρόπιτα: _____ + _____
8. Δολοφόνος: _____ + _____

ΚΕΦΑΛΑΙΟ 2: Κυριακή απόγευμα

Τα νέα ταξιδεύουν στο μικρό χωριό σαν αστραπή. Ο Ιάσονας ήταν πολύ γνωστός σε όλους και ο θάνατός του είναι μεγάλη τραγωδία για το μικρό χωριό. Σιγά σιγά, όλοι μαζεύονται έξω από το γραφείο του Προέδρου για να μάθουν τα τελευταία νέα.

Ο Πρόεδρος εξηγεί στους κατοίκους του χωριού ότι ακόμη δεν ξέρει τίποτα. «Τώρα αρχίζει η **έρευνα**, αλλά μάλλον έχουμε έναν δολοφόνο ανάμεσά μας» τους λέει. «Σας παρακαλώ, αν ξέρετε κάτι για την υπόθεση, να μας το πείτε αμέσως».

Το απόγευμα, ο Πρόεδρος κάνει μια **σύσκεψη** στο γραφείο του με τον Βασιλιά και την υπόλοιπη παρέα. Από πού να αρχίσουν;

«Λοιπόν, Πρόεδρε, πρέπει να σκεφτούμε πώς έφτασε ο Ιάσονας στα βράχια» λέει ο Τζωρτζίνος. «Εγώ τον είδα γύρω στις 3 το πρωί στον *Παράδεισο*. Ήταν εκεί με τους φίλους του και έπιναν ποτά. Είχε καλό **κέφι**, δεν είδα κάτι περίεργο.»

«Ξέρουμε τι ώρα έφυγε από το μπαρ;» ρωτάει ο Πρόεδρος.

«Ο Ιάσονας πάντα φεύγει τελευταίος απ' το μπαρ, αφού το **κλειδώσει** γύρω στις 4 με 5 το πρωί».

Εκείνη τη στιγμή, χτυπάει η πόρτα και μπαίνει μέσα η Άννακα Σταυροπούλου, μια παλιά γνωστή σταρ του Χόλιγουντ. Η Άννακα έχει παίξει σε πολλές ταινίες με τη Μέριλ Στριπ και τώρα μένει μόνιμα στον Αϊ-Γιάννη, πίσω απ' το ξενοδοχείο *Φάρω*.

«Πρόεδρε, έχω κάτι να σου πω. Σήμερα το πρωί, ξύπνησα πολύ νωρίς, γύρω στις 5, και βγήκα στο μπαλκόνι μου. Ξαφνικά, βλέπω κάποιον να τρέχει πολύ γρήγορα στο μικρό σοκάκι μπροστά απ' το σπίτι μου. Δεν μπόρεσα να δω ποιος ήταν, αλλά ήταν σίγουρα ένας άντρας. Ήταν πολύ **ασυνήθιστο**, αμέσως σκέφτηκα ότι ήταν περίεργο».

«Αυτό είναι πολύ ενδιαφέρον, κυρία Σταυροπούλου» λέει ο Πρόεδρος. «Θυμάστε κάτι άλλο; Μπορείτε μήπως να τον περιγράψετε; Θυμάστε τι φορούσε;»

«Πρόεδρε, λυπάμαι, έγινε πολύ γρήγορα και δεν έχω κάποιο άλλο στοιχείο».

«'Εντάξει, κυρία Σταυροπούλου, αν θυμηθείτε κάτι άλλο, παρακαλώ να με **ειδοποιήσετε**! Σας ευχαριστώ πολύ!»

Μόλις φεύγει η κυρία Σταυροπούλου, ο Πρόεδρος σκέφτεται:

«Είπαμε ότι ο Ιάσονας φεύγει από το μπαρ γύρω στις 5 το πρωί και τώρα, η κυρία Σταυροπούλου μας είπε ότι είδε κάτι πολύ περίεργο περίπου την ίδια ώρα. Λέτε να είναι **σύμπτωση**;»

Τότε ο Ρότζερ θυμάται ότι ο Αϊ-Γιάννης έχει μια κάμερα ίντερνετ έξω από το ξενοδοχείο *Άφεσις* που βλέπει προς την παραλία.

«Πρόεδρε, πρέπει να κοιτάξουμε τι έχει καταγράψει η κάμερα του *Άφεσις*» λέει ο Ρότζερ. «Άνοιξε το κομπιούτερ σου και πήγαινε στην **ιστοσελίδα** του ξενοδοχείου».

Ο Πρόεδρος δεν είναι πολύ άνετος με τα κομπιούτερ κι έτσι φωνάζει τον ειδικό των ηλεκτρονικών του γραφείου του, τον Νικήτα Κόφτη. «Βοήθησέ μας, Νικήτα, σε παρακαλώ, πρέπει να δούμε τι έγινε χθες το βράδυ!»

Ο Κόφτης ανοίγει το κομπιούτερ του γραφείου και πηγαίνει στην ιστοσελίδα της κάμερας. Οι φίλοι μαζεύονται γύρω γύρω με **αγωνία** και κοιτάζουν το βίντεο από το προηγούμενο βράδυ. Πραγματικά, στις 4:41:18 το πρωί, εμφανίζονται ξαφνικά δύο φιγούρες στην οθόνη!

«Νάτος, είναι ο Ιάσονας!» φωνάζει ο Τζωρτζίνος! «Μα ποιος είναι ο άλλος; Και τι κάνουν; **Τσακώνονται**;»

Καθώς κυλάει το βίντεο, είναι βέβαιο ότι ο Ιάσονας παλεύει με κάποιον άλλον άντρα. Ο άλλος φαίνεται ψηλός και λεπτός και είναι πιο δυνατός από τον Ιάσονα. Δυστυχώς, έχει την πλάτη του στην κάμερα, αλλά φαίνεται να έχει κοντά καστανά μαλλιά και μούσι. Φοράει μια γκρίζα μπλούζα και μακρύ παντελόνι και κρατάει στο χέρι κάτι σαν ένα **μπαστούνι**. Με το μπαστούνι αυτό χτυπάει τον καημένο τον Ιάσονα που προσπαθεί να ξεφύγει και να τρέξει.

Οι δύο άντρες χάνονται από το βίντεο στις 4:41:30. Οι φίλοι κοιτάζονται **σαστισμένοι**. Μάλλον μόλις είδαν τον δολοφόνο του Ιάσονα.

Ο Κόφτης παίζει το βίντεο ξανά και ξανά και ξανά. Ποιος είναι ο δεύτερος άντρας; Εδώ βρίσκεται το κλειδί του μυστηρίου, αλλά δυστυχώς δεν μπορούν να το λύσουν. Το βίντεο είναι θολό, κρατάει μόνο 12 δευτερόλεπτα και ο άγνωστος άντρας δεν γυρίζει ποτέ το πρόσωπό του στην κάμερα. Οι φίλοι είναι **απελπισμένοι**! Τόσο κοντά κι όμως τόσο μακριά...

«Παιδιά, αφήστε με τώρα, πρέπει να γράψω την αναφορά μου» λέει ο Πρόεδρος και οι φίλοι φεύγουν.

COMPREHENSION & LEARNING ELEMENTS

SUMMARY (Translate into Greek)

Proedros and his friends are discussing the murder. Annaka who lives in the village saw a man run in front of her house around five in the morning. The friends watch the video from the webcam of the hotel *Afesis* and see that Jason and an unknown man are fighting along the beach shortly before five. They now have a couple of clues and Proedros starts writing his report.

VOCABULARY

- **η έρευνα (οι έρευνες)**   investigation, research
- **η σύσκεψη (οι συσκέψεις)**   meeting
- **το κέφι**   mood, fun time (singular)
- **κλειδώνω**   to lock
- **ασυνήθιστος/η/ο**   unusual
- **ειδοποιώ**   to notify, to inform
- **η σύμπτωση (οι συμπτώσεις)**   coincidence
- **η ιστοσελίδα (οι ιστοσελίδες)**   web page
- **η αγωνία**   agony, suspense (singular)
- **τσακώνομαι**   to argue, to fight
- **το μπαστούνι (τα μπαστούνια)**   cane, stick
- **σαστισμένος/η/ο**   startled
- **απελπισμένος/η/ο**   desperate, despairing

EXERCISE (Time)

In this chapter, time is very important, as the group is trying to piece together what happened. Do you remember how to tell time in Greek?

Κάθε **μέρα** έχει 24 **ώρες**, κάθε **ώρα** έχει 60 **λεπτά**, και κάθε **λεπτό** έχει 60 **δευτερόλεπτα**. Κάθε **ώρα** χωρίζεται επίσης σε 2 **μισάωρα** (με 30 **λεπτά** το καθένα) ή 4 **τέταρτα** (με 15 **λεπτά** το καθένα).

Στο πρώτο μισάωρο λέμε **ώρα ΚΑΙ λεπτά**, στο δεύτερο μισάωρο λέμε **ώρα ΠΑΡΑ λεπτά**. (Δες την εικόνα πιο κάτω.) Πριν το μεσημέρι, γράφουμε **π.μ. (προ μεσημβρίας)**, μετά το μεσημέρι, γράφουμε **μ.μ. (μετά μεσημβρίαν)**.

Complete the sentences below with the right time, as shown in the parentheses.

1. Ο Ιάσονας ήταν στο μπαρ στις _____ (3 o'clock)

2. Το μπαρ έκλεισε στις _____ (4:30 am)

3. Το βίντεο δείχνει δύο άντρες στις _____ (4:41 am)

4. Η Άννακα είδε κάποιον στο δρόμο στις _____ (5:10 am)

5. Ο Πρόεδρος κάνει σύσκεψη στις _____ (5:45 pm)

6. Οι φίλοι φεύγουν απ' το γραφείο στις _____ (7:50 pm)

EXERCISE (Movies in Greece)

In this chapter, we meet Annaka, who played with the famous actress Meryl Streep during the filming of the blockbuster hit "Mamma Mia!" The film had a memorable scene where the cast sing and dance and then, jump off a pier into the water; that scene was filmed in the gorgeous little bay of *Damouhari*. (You should go visit someday!)

Do you know any of these movies that were also shot in Greece? Look them up and fill in the year they were made!

- **Never on Sunday (19___):** This black-and-white romantic comedy was directed by Jules Dassin and starred Melina Mercouri. The movie was a great critical and commercial success and won several awards, including the Oscar for Best Original Song for the film's iconic theme song "Ta Pedia Tou Pirea" (known as "Never on Sunday") by legendary Greek composer Manos Hadjidakis – one of most beloved Greek songs of all time. The movie was filmed on location in Greece, primarily in the port of Piraeus and in Athens.

- **Zorba the Greek (19___):** The film, directed by Michael Cacoyannis and starring Anthony Quinn, was shot on location on the island of Crete and won three Oscars in 1965: Best Supporting Actress for Lila Kedrova, Best Art Direction, and Best Cinematography. Of course, it also features the music of Mikis Theodorakis, the iconic late Greek composer, who made the "syrtaki" dance famous around the world through this movie! ("Did you say 'dance?' Come on, my boy!")

- **For Your Eyes Only (19___):** This James Bond film, starring Roger Moore, featured scenes filmed in Athens and Corfu. There is also a scene in the film that was actually filmed at the Monastery of the Holy Trinity in Meteora, where Bond must climb the vertical cliffs to confront the film's villain. The scene is one of the most iconic moments in the film and showcases the stunning natural beauty of Meteora.

- **Summer Lovers (19___):** A romantic comedy film written and directed by Randal Kleiser and starring

Peter Gallagher, Daryl Hannah, and Valerie Quennessen. It was filmed on location on the island of Santorini.

- **The Big Blue (19___)**: This French film, directed by Luc Besson and starring Jean-Marc Barr and Jean Reno, features the rivalry between two childhood friends and now world-renowned free divers. It was shot on location on the islands of Amorgos and Paros.

- **Shirley Valentine (19___):** This is a British romantic comedy-drama directed by Lewis Gilbert and starring Pauline Collins. The film was shot on location on the island of Mykonos.

- **Mediterraneo (19___)**: This brilliant Italian comedy-drama directed by Gabriele Salvatores won the Academy Award for Best Foreign Language Film in 1992. The film is about a group of Italian soldiers who are sent to occupy a small Greek island during WWII, but end up befriending the locals and immersing themselves in the island's peaceful way of life. The film was shot on location on the island of Kastellorizo (also known as Megisti), as well as in Italy.

- **Captain Corelli's Mandolin (20___)**: This romantic drama, directed by John Madden and starring Nicolas Cage and Penelope Cruz, was filmed on location on the island of Kefalonia.

- **Mamma Mia! (20___):** This blockbuster musical, directed by Phyllida Lloyd and starring Meryl Streep, Pierce Brosnan, and Amanda Seyfried, was shot on location on the islands of Skopelos and Skiathos, with a special scene filmed in the bay of *Damouhari* (which is also featured in our murder mystery). The super cast, fun plot, amazing scenery, and the great music made this the fifth-highest movie musical of all time!

- **Before Midnight (20___):** This romantic drama, directed by Richard Linklater and starring Ethan Hawke and Julie Delpy, was shot in various locations in Greece, including Messinia and the Peloponnese.

- **My Big Fat Greek Wedding 2 (20___):** This romantic comedy film directed by Kirk Jones and starring Nia Vardalos, John Corbett, and Michael Constantine, is a sequel to the 2002 hit movie and, while the majority of the film was shot in Toronto, Canada, a few scenes were filmed on location in Greece, including the Acropolis and the island of Naxos.

- **The Lost Daughter (20___):** This drama film directed by Maggie Gyllenhaal and starring Olivia Colman, Dakota Johnson, and Jessie Buckley, was partially filmed on location in Greece, including the island of Spetses.

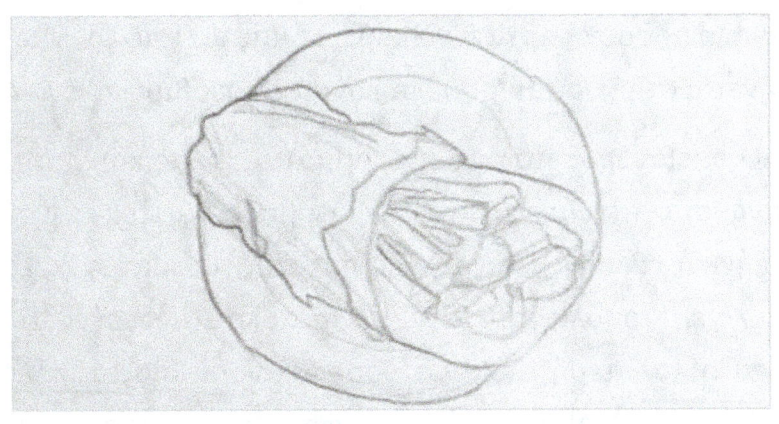

ΚΕΦΑΛΑΙΟ 3: Κυριακή βράδυ

«Πού θα φάμε σήμερα;» ρωτάει ο Βασιλιάς με κάποιο **δισταγμό**. Έχει περάσει ολόκληρη μέρα και πεινάει πάρα πολύ.

«Άσε το βραδινό, Βασιλιά» λέει η Διονυσία «δεν έχουμε καθόλου όρεξη σήμερα».

«Ελάτε τώρα, παιδιά, **τουλάχιστον** να σταματήσουμε στον *Λίβα* για πιτόγυρα!»

«Άντε, καλά» λέει η Διονυσία «ποιος μπορεί να πει όχι στα πιτόγυρα του *Λίβα*;»

Η παρέα προχωράει στον παραλιακό δρόμο του Αϊ-Γιάννη και σε λίγο φτάνει στο **ξακουστό** μαγαζί. Παραγγέλνουν ο καθένας ένα «απ' όλα» και κάθονται στα τραπεζάκια για να φάνε. Ο μάγειρας **ακονίζει** το μακρύ του μαχαίρι και με μεγάλη προσοχή αρχίζει να κόβει κομμάτια από τον γύρο που ψήνεται στη γυριστή σούβλα και να τα σερβίρει σ' ένα πιάτο.

Ο σερβιτόρος παίρνει τα κομμάτια κρέας και τ' απλώνει πάνω στις λαδωμένες πίτες. Μετά βάζει τζατζίκι (την εθνική ελληνική **αλοιφή**), τηγανητές πατάτες, ντομάτες, κρεμμύδι και λίγο μαρούλι, τα τυλίγει σε χαρτί και τα φέρνει έξω. Δεν είναι η καλύτερη ιδέα για όσους κάνουν δίαιτα, αλλά δεν υπάρχει πιο μεγάλη απόλαυση φαγητού! Η παρέα τρώει τα πιτόγυρα με **λαιμαργία**...

Φεύγοντας παίρνουν όλοι από μία «DoPa», το φανταστικό παγωτό του Ιταλού σπεσιαλίστα Domenico Pazzaca που τώρα ζει κι εργάζεται στη Θεσσαλονίκη. Το παγωτό του έχει **κατακτήσει** όλη την Ελλάδα κι έτσι μπορεί να το βρει κανείς και σε όλα τα ψυγεία του Αϊ-Γιάννη.

Μετά το γρήγορο βραδινό και το παγωτό, οι φίλοι γυρίζουν με **σκυφτό** το κεφάλι στο *Αναλένα* όπου τους περιμένει η υπόλοιπη παρέα. Ο Τζωρτζίνος λέει σε όλους τι έμαθαν στο γραφείο του Προέδρου. Τους λέει ότι πρέπει όλοι να βοηθήσουν να βρουν τον μυστήριο άντρα από το βίντεο του *Άφεσις*.

Η παρέα είναι **στεναχωρημένη**, ο Ιάσονας ήταν ένας πολύ καλός φίλος για όλους...

«Θα τον θυμάμαι πάντα» λέει με δάκρυα στα μάτια η Μάττυ. «Ήξερε να κάνει τα πιο καλά ποτά κι έβαζε την πιο καλή μουσική!»

«Ήταν ένας ωραίος άντρας, πάντα φιλικός και πολύ ευχάριστος» προσθέτει η Ρίνα.

«Πάντως, μη στεναχωριέστε» λέει με στόμφο η Διονυσία. «Ο Βασιλιάς σίγουρα θα πιάσει τον δολοφόνο! Μην ξεχνάτε ότι, όταν του είχαν κλέψει το **μπουφάν** πριν λίγα χρόνια, το βρήκε μέσα σε δύο μέρες!»

«Ο δολοφόνος πρέπει να εύχεται να τον πιάσει ο Βασιλιάς πρώτος» πετάγεται η Ρίνα, «γιατί αν τον πιάσει πρώτα ο Σταμάτης, θα τον κάνει κομμάτια με τα χέρια του!»

Η Νέλλυ συμφωνεί... «Πολύ σωστά, και λίγα λες!»

Η Κίττυ κάθεται **απαρηγόρητη** στην καρέκλα. Είναι **βουρκωμένη** και δεν μπορεί να πει τίποτα. Έχει περάσει τόσα φανταστικά βράδια (και πρωινά) στον *Παράδεισο*, που ο Ιάσονας ήταν σαν αδερφός της...

COMPREHENSION & LEARNING ELEMENTS

SUMMARY (Translate into Greek)

The friends haven't eaten anything all day and they are hungry. They stop by *Livas* to eat gyro in pita, it is very tasty. Then, they go back to the hotel *Analena*. They all remember Jason, and they are sad.

VOCABULARY

- **ο δισταγμός (οι δισταγμοί)**   hesitation
- **τουλάχιστον**   at least
- **ξακουστός/ή**   well known, famous
- **η αλοιφή (οι αλοιφές)**   spread (cuis.), creme (med.)
- **η λαιμαργία**   gluttony, binge
- **κατακτώ**   to conquer
- **σκυφτός/ή/ό**   bowed
- **στεναχωρημένος/η**   upset, sad, troubled
- **το μπουφάν (τα μπουφάν)**   jacket, coat
- **απαρηγόρητος/η**   inconsolable
- **βουρκωμένος/η**   teary-eyed, tearful

EXERCISE (Verbs)

We encountered a curious expression at the end of this chapter when Nellie says «και λίγα λες!». Literally, it means "you're not even saying enough," but it is being used to say, "that's an understatement!"

The irregular verb «λέω» is part of many idiomatic expressions that are useful in conversational Greek, so let's explore it a little further. First, let's look at the indicative mood tenses of the active form of the verb:

Present *(I say, I am saying)*	*λέω, λες, λέει, λέμε, λέτε, λέν(ε)*
Continuous Past *(I was saying)*	*έλεγα, έλεγες, έλεγε, λέγαμε, λέγατε, έλεγαν/λέγανε*
Simple Past *(I said)*	*είπα, είπες, είπε, είπαμε, είπατε, είπαν(ε)*
Present Perfect *(I have said)*	*έχω, έχεις, έχει, έχουμε, έχετε, έχουνε + πει*
Past Perfect *(I had said)*	*είχα, είχες, είχε, είχαμε, είχατε, είχαν + πει*
Continuous Future *(I will be saying)*	*θα + Present (θα λέω, etc.)*
Simple Future *(I will say)*	*θα + πω, πεις, πει, πούμε, πείτε, πούν(ε)*

Future Perfect (I will have said)	**ϑα** + Present Perfect (ϑα έχω πει, etc.)
Future Past Perfect (I would have said)	**ϑα** + Past Perfect (ϑα είχα πει, etc.)

Next, let's look at the Subjunctive mood:

Continuous (to be saying)	**να** + λέω, λες, λέει, λέμε, λέτε, λέν(ε)
Simple (to say)	**να** + πω, πεις, πει, πούμε, πείτε, πούν(ε)

Here's the Imperative mood:

Continuous (be saying!)	λέγε / λέγετε
Simple (say!)	πες / πείτε

Also, here is the Present tense of the Passive form:

Present of the Passive form	λέγομαι, λέγεσαι, λέγεται, λεγόμαστε, λέγεστε (λεγόσταστε), λέγονται

Obviously, this is not an exhaustive list of all the grammatical forms of the verb «λέω», but this should get you far enough. Try to fill in the right form of the verb in the sentences below:

1. Ο Πρόεδρος _____ πάντοτε την αλήθεια.
2. Σε παρακαλώ, _____ μου τι ώρα θα γυρίσεις στο σπίτι.
3. Πρέπει να (we) _____ στον Πρόεδρο τι έγινε!
4. Πώς _____ στα Αγγλικά το παγωτό;
5. Θα πάτε στην αστυνομία και (you) _____ ό,τι ξέρετε!

«Λέω» comes from the original form «λέγω». You will recognize the associated noun «λόγος» (and its presence in English words that end in "-logy"), so let's now list a few other verbs that contain the verb:

- **αντιλέγω**: to talk back (prefix «αντί» for "against")
- **διαλέγω**: to choose (prefix «δια» for "from among")
- **εκλέγω**: to elect (prefix «εκ» for "out of")
- **συλλέγω**: to collect (prefix «συν» for "plus")

Next, let's now look at a select few idiomatic expressions that use the verb «λέω» in various forms:

Αυτό να λέγεται! **Αυτό δε θα πει τίποτα!**	Indicates strong agreement
Δε λέω, αλλά...	Followed by a counterargument, as in "I hear you, but..."
Θα μου πεις (εσύ)...	Launches a rhetorical answer, as in "Now, you might say that..."
Θα σου πω εγώ!	Implied threat, as in "I'll show you!"
Τα λέμε! **Θα τα πούμε!**	Greeting upon departing
Λες και...	Direct equivalent to "As if..."
Λέω να...	Indicates intention, as in "I think I should..."
Λες να...;	Asks for an opinion (also, rhetorically), as in "You don't think...?"
Μη μου πεις!	Indicates surprise or indignation, as in "You don't say!"

ΚΕΦΑΛΑΙΟ 4: Δευτέρα πρωί

Την επόμενη μέρα το πρωί, οι φίλοι είναι μαζεμένοι στο *Αναλένα* και τρώνε πρωινό. Σήμερα, εκτός από τα **συνηθισμένα** πράγματα, το μενού έχει κάτι πολύ **γευστικά** γιαούρτια που έστειλε ο φίλος της παρέας, ο Χαριδέλης, με ειδική αποστολή από τον Βόλο. Επίσης έχει και ένα καταπληκτικό κέικ που έφτιαξε η γυναίκα του Χαριδέλη, η Βάσω, που είναι γνωστή παντού για τη εξαιρετική μαγειρική της.

Φυσικά, το μόνο θέμα συζήτησης είναι το έγκλημα που έχει αναστατώσει όλο το χωριό.

Γύρω στις δέκα, έρχεται ο Πρόεδρος στο ξενοδοχείο. «Πάμε για καφέ στην *Πλημμύρα* για να τα πούμε λίγο!» λέει στην παρέα και ξεκινάνε όλοι μαζί.

Μόλις φτάνουν στην *Πλημμύρα*, παραγγέλνουν τα συνηθισμένα τους ποτά. Ο Τζωρτζίνος παίρνει μια πορτοκαλάδα ΕΨΑ, ο Πρόεδρος έναν φρέντο εσπρέσο σκέτο, ο Βασιλιάς έναν καπουτσίνο, και οι υπόλοιποι έναν μέτριο φραπέ με γάλα.

«Δυστυχώς, δεν έχουμε μάθει τίποτα καινούργιο» λέει ο Πρόεδρος. «Κανένας δεν έχει δει ή ακούσει κάτι **χρήσιμο** και δεν ξέρουμε τι να κάνουμε».

Τα τραπεζάκια στην *Πλημμύρα* είναι δίπλα στη θάλασσα και η θέα είναι πολύ όμορφη. Όμως, από εκεί που κάθεται η παρέα, φαίνονται τα βράχια όπου βρήκαν τον Ιάσονα. Κανένας δεν έχει κέφι να μιλήσει για το μπάσκετ, όπως κάνουν κάθε μέρα, ή ν' ακούσουν τα πολύ αστεία **ανέκδοτα** του Βασιλιά. Είναι μια περίεργη μέρα...

Κάποια στιγμή χτυπάει το κινητό του Προέδρου κι αυτός απαντάει.

«Έλα, καλημέρα Τατιάνα, τι κάνεις; Ναι, ναι... Αχά... Έλα, αλήθεια; Μη μου πεις! Πολύ ενδιαφέρον!»

Η παρέα ακούει τον Πρόεδρο που φαίνεται πολύ **συγκεντρωμένος** με αυτά που ακούει στο τηλέφωνο. Η Τατιάνα, μαζί με τον άντρα της τον Νηρέα, είναι η **ιδιοκτήτρια** ενός συγκροτήματος δωματίων στην πλαγιά πάνω απ' το *Παπά Νερό*. Τα υπέροχα δωμάτια της Τατιάνας είναι πάνω στο δρόμο που πάει στην *Νταμούχαρη*, μια άλλη φημισμένη παραλία του Πηλίου. Πιο πέρα ακόμη, τα **μονοπάτια** μπορούν να σε πάνε και σε άλλα χωριά και παραλίες του βουνού, αλλά πρέπει να ξέρεις την περιοχή πολύ καλά για να μη χαθείς.

«Ναι, βέβαια, ευχαριστώ, Τατιάνα! Ναι... Χμμμ... Λες; Μπορεί να έχεις δίκιο... Όχι, ίσως, ναι... Σίγουρα... Ναι... Εντάξει, ευχαριστώ!»

«Τι έγινε;» ρωτάει ο Τζωρτζίνος μόλις έκλεισε το τηλέφωνο ο Πρόεδρος. «Τι είπε η Τατιάνα; Μη μας κρατάς σε αγωνία!»

«Λοιπόν, έχουμε ένα καινούργιο **στοιχείο** στην υπόθεση! Η Τατιάνα είπε ότι πήγε στην αποθήκη της σήμερα το πρωί και είδε ότι ήταν **σπασμένη** η κλειδαριά! Μόλις άνοιξε την πόρτα, κατάλαβε ότι κάποιος είχε μπει μέσα και ότι έλειπαν διάφορα πράγματα. Αυτός που μπήκε μέσα πήρε κάποιες κονσέρβες, λίγα **αναψυκτικά**, και κάτι παλιά ρούχα. Επίσης, είδε μια σπασμένη σκούπα χωρίς το κοντάρι της».

«Περίεργα πράγματα!» λέει ο Βασιλιάς. «Μα τι γίνεται επιτέλους στο χωριό μας;»

COMPREHENSION & LEARNING ELEMENTS

SUMMARY (Translate into Greek)

On Monday morning, the friends eat breakfast at the hotel and then, they go to *Plemmyra* for coffee. A friend of theirs, Tatiana, who owns rooms for tourists above the *Papa Nero* beach calls Proedros. She tells him that someone came by her rooms overnight and stole a few things. One more mystery!

VOCABULARY

- **συνηθισμένος/η**   usual, common
- **γευστικός/ή**   tasty
- **χρήσιμος/η/ο**   useful
- **το ανέκδοτο (τα ανέκδοτα)**   joke
- **συγκεντρωμένος/η**   concentrated, focused
- **η ιδιοκτήτρια (οι ιδιοκτήτριες)**   owner
- **το μονοπάτι (τα μονοπάτια)**   trail
- **το στοιχείο (τα στοιχεία)**   fact, clue, element
- **σπασμένος/η**   broken
- **το αναψυκτικό (τα αναψυκτικά)**   refreshment

EXERCISE (Greek coffee)

Several of the friends drink the quintessential Greek summer coffee drink, the φραπέ. The name comes straight from the

French word "frappé" meaning "struck/hit" and originates from early 19th century cold coffees that were chilled with ice ("café frappé à la glace").

The Greek version was invented by accident during the 1957 Thessaloniki International Fair when a Nestlé employee mixed their instant coffee granules with cold water and ice cubes in a shaker, when they couldn't get any hot water (www.nescafe.com/gb/coffee-types/what-is-a-frappe). Go look up the recipe and make yourself one to try it!

Now, if you want to drink a hot Greek coffee, you'll have to order an «ελληνικό» and you'll have to specify if you want it sweet («γλυκό»), medium («μέτριο») or black («σκέτο»). If you want to find more about this kind of coffee, you can look here, for example: www.mygreekdish.com/recipe/greek-coffee-recipe-how-to-make-greek-coffee-ellinikos-kafes/.

(Oh, yes, and when you're done drinking the coffee, make sure you flip the cup over, let the residue flow down the sides, and then, have someone read the cup to tell you your fortune.)

EXERCISE (Conjunctions)

Conjunctions are incredibly useful words that link phrases together. Here are some very common ones (grouped by use case):

- **Condition**: αν/εάν (if)
- **Cause**: γιατί, επειδή (because)
- **Opposition**: αλλά, όμως (but), ωστόσο (however), αν και (even though)
- **Purpose**: για να, έτσι ώστε να (so that)
- **Time Sequence**: αφού (after), ενώ (while), μόλις (as soon as), όταν (when), πριν (before)

Now, use the right conjunctions in the sentences below.

1. Θα πάμε για μπάνιο _____ φτάσει εδώ ο Πρόεδρος.

2. Η παρέα πρέπει να λύσει το μυστήριο μόνη της _____ δεν είναι στον Αϊ-Γιάννη ο αστυνόμος Φρυγανιάς.

3. _____ πίνουν καφέ οι φίλοι, χτυπάει το τηλέφωνο.

4. _____ πεινάει ο Βασιλιάς, πηγαίνει στον *Λίβα* _____ φάει πιτόγυρα.

5. _____ είναι πολύ νωρίς, οι φίλοι έχουν ήδη ξυπνήσει.

ΚΕΦΑΛΑΙΟ 5: Δευτέρα απόγευμα

Το ίδιο απόγευμα, επάνω από την παραλία της *Νταμούχαρης*, στα φημισμένα *Καγκιόλια*, τα παιδιά της κατασκήνωσης της ΧΑΝ γυρίζουν από μια μεγάλη **πεζοπορία**.

Ξεκίνησαν από τον Αϊ-Γιάννη πριν από τρεις μέρες. Την πρώτη μέρα ανέβηκαν το βουνό μέχρι τα Χάνια και την Πορταριά. Τη δεύτερη μέρα πέρασαν από τη Δράκεια, τον Άγιο Λαυρέντιο, τον Αϊ-Γιώργη, κι έφτασαν μέχρι τις Μηλιές. Την τρίτη μέρα πήγαν στην Τσαγκαράδα κι από εκεί πήραν το μονοπάτι για την *Νταμούχαρη*.

Τα *Καγκιόλια* είναι το τελευταίο μεγάλο **εμπόδιο** για τα παιδιά που είναι πολύ κουρασμένα μετά από την πεζοπορία που την ονομάζουν το «μεγάλο σαφάρι». Η θέα από εκεί ψηλά είναι **καταπληκτική**, αλλά το μονοπάτι είναι **απότομο** και πρέπει να προσέχουν πολύ για να μην πέσουν.

Ο αρχηγός τους, ο Γιώργος Κοτσίδας, **έμπειρος** πεζοπόρος κι άριστος παιδαγωγός, παρακολουθεί τα παιδιά από κοντά και είναι έτοιμος να βοηθήσει αν χρειαστεί. Μαζί του είναι και η παλιά πρόεδρος της ΧΑΝ Θεσσαλονίκης, Αθανασία Ελενιάδη, που δεν χάνει ποτέ ευκαιρία για πεζοπορία!

Ξαφνικά, ακούγεται μια **κραυγή**! «Κύριε Κοτσίδα, κύριε Κοτσίδα, ελάτε γρήγορα! Δείτε τι βρήκα εδώ!»

Ο Κοτσίδας τρέχει αμέσως και βλέπει ότι ένα από τα παιδιά δείχνει ένα σκισμένο μπλουζάκι. Το μπλουζάκι έχει κάτι κοκκινόμαυρα σημάδια κι ο Κοτσίδας, που έχει διαβάσει όλα τα βιβλία της Άγκαθα Κρίστι, καταλαβαίνει αμέσως τι είναι – αίμα! Κοιτάζοντας εκεί γύρω, ο Κοτσίδας βλέπει σπασμένα **κλαδιά** και καταλαβαίνει ότι κάποιος πρέπει να πέρασε από αυτό το σημείο.

«Μην ακουμπήσετε το μπλουζάκι!» λέει η Αθανασία που είναι έμπειρη δικηγόρος. «Φέρτε μια σακούλα να το βάλουμε μέσα. Δεν ξέρουμε τι είναι, αλλά θα το πάμε στον αστυνόμο στον Αϊ-Γιάννη για να το **ερευνήσει**».

Ο Κοτσίδας ξέρει ότι πρέπει να οδηγήσει τα παιδιά του στην κατασκήνωση με ασφάλεια, αλλά στο μυαλό του έχει το μπλουζάκι με το αίμα. «Τι έγινε εδώ άραγε;» σκέφτεται. «Φαίνεται πολύ σοβαρό!»

Μόλις φτάνει στον Αϊ-Γιάννη, παίρνει τηλέφωνο τον αστυνόμο Φρυγανιά, αλλά δεν τον βρίσκει, αφού λείπει ακόμα ταξίδι με τη γυναίκα του στην Πάρο. Τότε, ο Κοτσίδας παίρνει τηλέφωνο τον Πρόεδρο και του λέει τι βρήκε στα *Καγκιόλια*. Για να μην χάσουν χρόνο, η Αθανασία παίρνει το μπλουζάκι και το πάει στον Πρόεδρο. Πρέπει κάποιος να το εξετάσει αμέσως!

COMPREHENSION & LEARNING ELEMENTS

SUMMARY (Translate into Greek)

The YMCA campers are returning from the "big safari" and they have reached the *Kaggiolia*, above the beach of *Damouhari*. One of the kids finds a bloodied shirt on the ground. The leader, Kotsidas, and past President, Athanasia, collect the shirt carefully so that they can take it to the police of Ai Giannis.

VOCABULARY

- **η πεζοπορία (οι πεζοπορίες)**   hike
- **το εμπόδιο (τα εμπόδια)**   obstacle, hurdle
- **καταπληκτικός/ή**   amazing
- **απότομος/η**   steep
- **έμπειρος/η**   experienced
- **η κραυγή (οι κραυγές)**   scream
- **το κλαδί (τα κλαδιά)**   tree branch
- **ερευνώ**   to investigate, to research

EXERCISE (Imperative)

The imperative mood is the verb form that indicates a request, advice, or command. Whereas the construction of the imperative is generally simple in Greek for regular verbs, it gets a little more complicated when you're dealing with irregular verbs.

Do you know the correct forms for the verbs below? (Use the two examples to fill out the rest of the verbs.)

- **Βλέπω:** βλέπε / βλέπετε   δες / δείτε
- **Λέω:** λέγε / λέγετε   πες / πείτε
- **Βάζω:** _____   _____
- **Βγαίνω:** _____   _____
- **Δίνω:** _____   _____
- **Έρχομαι:** _____   _____
- **Κάθομαι:** _____   _____
- **Παίρνω:** _____   _____
- **Πίνω:** _____   _____
- **Τρώω:** _____   _____
- **Φεύγω:** _____   _____

And remember, the negative imperative is formed by using the word «μη(ν)» in front of the Present tense form (for the Continuous Imperative) and in front of the Simple Future form (for the Simple Imperative). For example:

- **Βλέπω:** **μη(ν)** βλέπεις / βλέπετε **μη(ν)** δεις / δείτε
- **Λέω:** **μη(ν)** λες / λέτε   **μην** πεις / πείτε

EXERCISE (Doesn't belong)

Our campers are returning to camp after having spent three days hiking around Mt. Pelion. Can you identify the three things that they're least likely to have encountered during their journey?

- ένα άγριο ζώο
- ένα αεροδρόμιο
- ένα ζεστό ντους
- μια ταβέρνα
- ψηλά πλατάνια
- μια εκκλησία
- μια ντισκοτέκ
- ένα μονοπάτι

ΚΕΦΑΛΑΙΟ 6: Τρίτη πρωί

Την Τρίτη το πρωί, η Κίττυ Παυλίδου ξενικάει από το *Αναλένα* νωρίς για να πάει στην εκκλησία της Ανάληψης. Κάθε εβδομάδα, μετά τις τρέλες του Σαββατοκύριακου, η Κίττυ αισθάνεται την ανάγκη να **εξομολογηθεί** τις **αμαρτίες** της στον παπα-Χριστόδουλο, τον παπά της ενορίας.

Ο παπα-Χριστόδουλος είναι ένας **μοναχικός** τύπος από τη Θεσσαλονίκη που έλειπε για πολλά χρόνια στη Νορβηγία όπου ήταν ο παπάς της ελληνικής **κοινότητας** και δάσκαλος κολύμβησης. Πριν λίγους μήνες, αποφάσισε να γυρίσει στην Ελλάδα και διάλεξε να έρθει στον Αϊ-Γιάννη γιατί ήταν κι αυτός παλιός κατασκηνωτής στη ΧΑΝ.

Τη Δευτέρα το πρωί, η Κίττυ πήγε στην εκκλησία, αλλά ο παπάς δεν ήταν εκεί. Σήμερα, καθώς ανοίγει την πόρτα της εκκλησίας, η Κίττυ πάλι δεν βλέπει κανέναν.

«Πάτερ, πού είστε;» φωνάζει η Κίττυ, αλλά δεν παίρνει απάντηση, ο παπα-Χριστόδουλος δεν είναι εκεί.

Η Κίττυ είναι ανάστατη. Σκέφτεται όλα όσα έκανε το Σαββατοκύριακο και δεν μπορεί να φανταστεί ότι δεν θα εξομολογηθεί αυτήν την εβδομάδα... Γυρίζει στο *Αναλένα* θυμωμένη κι αμέσως πάει στις φίλες της να **παραπονεθεί**.

Η Ρίνα, η Μάττυ, η Διονυσία και η Νέλλυ την ακούνε με προσοχή, αλλά τις πιάνουν τα γέλια. «Αμάν, βρε Κίττυ,» λέει η Νέλλυ «τι έκανες πάλι αυτό το Σαββατοκύριακο και πρέπει οπωσδήποτε να εξομολογηθείς;»

«Α, δεν μπορώ να σας πω» λέει η Κίττυ, «αλλά πρέπει σίγουρα να συναντήσω τον παπα-Χριστόδουλο!»

«Αυτός είναι πολύ μυστήριος τύπος» λέει η Ρίνα. «Εμένα δεν μου αρέσει καθόλου! Μήπως είναι καλύτερα να μην του λες τα προσωπικά σου θέματα;»

Εκείνη την ώρα, έρχονται οι άντρες και κάθονται μαζί με τις γυναίκες στον όμορφο κήπο του ξενοδοχείου. Ο Πρόεδρος λέει στην παρέα τα τελευταία νέα που έμαθε από τον Κοτσίδα. Όλοι ακούνε προσεκτικά και **υποψιάζονται** ότι έχει σχέση με τον φόνο του Ιάσονα. Ο Μακ, που είναι ο πιο σοβαρός της παρέας, παίρνει τον λόγο.

«Λοιπόν, Πρόεδρε, να βάλουμε τα πράγματα σε μια σειρά, να δούμε τι ξέρουμε... Έχουμε το βίντεο από το *Άφεσις* που μας δείχνει ότι ο Ιάσονας κι ένας άγνωστος άντρας τσακώθηκαν στην παραλία το πρωί της Κυριακής. Έχουμε τη μαρτυρία της κυρίας Σταυροπούλου που είδε έναν άντρα να τρέχει μπροστά από το σπίτι της κοντά στο *Φάρω* περίπου την ίδια ώρα. Λίγο αργότερα το ίδιο πρωί, βρήκαμε τον Ιάσονα στα βράχια μπροστά απ' το *Παλήνη*. Έχουμε τη μαρτυρία της Τατιάνας απ' το *Παπά Νερό* ότι επίσης την Κυριακή κάποιος μπήκε στην αποθήκη της κι έκλεψε κάποια πράγματα. Έχουμε την ιστορία του Κοτσίδα τη Δευτέρα το βράδυ με το ματωμένο μπλουζάκι στα *Καγκιόλια*. Τι μας λένε όλα αυτά;»

Ο Τακ, που έχει ταξιδέψει όλον τον κόσμο κι έχουν δει πολλά τα μάτια του, πετάγεται και λέει.

«Φίλοι μου, νομίζω ότι είναι **προφανές**. Ο άγνωστος άντρας που τσακώθηκε με τον Ιάσονα είναι ο δολοφόνος. Αφού σκότωσε τον Ιάσονα, έφυγε απ' το χωριό και πήγε προς την *Νταμούχαρη*. Νομίζω ότι πρέπει να τον ψάξουμε εκεί».

«Ναι, αλλά ποιος είναι ο δολοφόνος;» ρωτάει με απελπισία η Ρίνα.

Ο σοφός Πρόεδρος σκέφτεται για λίγο και μετά ρωτάει την παρέα: «Μήπως είναι ώρα να ζητήσουμε τη βοήθεια του Μιγκέλ;»

COMPREHENSION & LEARNING ELEMENTS

SUMMARY (Translate into Greek)

Kitty goes to the church of the village in order to confess to Fr. Christodoulos, a very strange fellow who used to live in Norway. She can't find him and is very upset. The friends gather in the garden of *Analena* and discuss the clues of the case. Tak realizes that the unknown murderer must be somewhere close to *Damouhari*. They need to ask Miguel for help!

VOCABULARY

- **εξομολογούμαι**   to confess
- **η αμαρτία (οι αμαρτίες)**   sin
- **μοναχικός/ή**   loner
- **η κοινότητα (οι κοινότητες)**   community
- **παραπονιέμαι**   to complain
- **υποψιάζομαι**   to suspect
- **προφανές**   obvious

EXERCISE (Opposites)

Do you know the opposites (αντίθετα) of these words?

- **Verbs**: ανοίγω, ανεβαίνω, έρχομαι, ξεκινάω, ρωτάω, σηκώνομαι

- **Adjectives**: γνωστός, εύκολος, παλιός, στενός, τελευταίος, ψηλός
- **Nouns**: ανηφόρα, είσοδος, ζέστη, ησυχία, νότος, τέλος
- **Adverbs**: έξω, μπροστά, κάτω, νωρίς, ποτέ, σιγά

EXERCISE (Verbs)

Fill in the sentences below with the appropriate tense forms.

1. Η Κίττυ _____ (goes) στην εκκλησία κάθε εβδομάδα, αλλά σήμερα δεν _____ (didn't find) τον παπα-Χριστόδουλο.

2. Ο Πρόεδρος _____ (will do) ό,τι μπορεί για να βρουν τον δολοφόνο.

3. Ο Τακ _____ (has travelled) σε όλον τον κόσμο κι _____ (has seen) πολλά στη ζωή του.

4. Την Κυριακή το βράδυ, η παρέα _____ (ate) και _____ (drank) στον *Λίβα*. Την Τετάρτη το βράδυ, οι φίλοι _____ (will eat) και _____ (will drink) στην *Αφασία*.

5. Οι φίλοι _____ (got to know each other) πριν από πολλά χρόνια, τώρα _____ (meet) κάθε χρόνο στον Αϊ-Γιάννη, και _____ (will pass) πολλές ωραίες στιγμές μαζί και στο μέλλον.

ΚΕΦΑΛΑΙΟ 7: Τρίτη μεσημέρι

Ο Μιγκέλ Χαϊβάζ είναι ένας **εκκεντρικός** κάτοικος του Αϊ-Γιάννη που ζει σε ένα μισογκρεμισμένο σπίτι στο πιο απόμακρο σημείο της *Πλάκας*, πάνω από κάτι τεράστια άγρια βράχια. Ο μόνος τρόπος να φτάσεις εκεί είναι από ένα πολύ επικίνδυνο μονοπάτι ή αλλιώς, πρέπει να πας από τη θάλασσα και να **σκαρφαλώσεις** τα βράχια.

Περνάει τις μέρες του με τη σύντροφό του, τη Μαντόνα, και τον κάτασπρο σκύλο τους, την 'Οπερα, και είναι ατέλειωτες ώρες κάθε μέρα πάνω από ένα λάπτοπ. Κανείς δεν ξέρει τι κάνει, αλλά οι φήμες λένε ότι είναι μυστικός **πράκτορας** για κάποια ξένη δύναμη. Πού και πού, παίρνει τη **σανίδα** του και κατεβαίνει στο χωριό από τη θάλασσα, ψωνίζει κάτι πράγματα από το σούπερ μάρκετ χωρίς να μιλήσει σε κανέναν, και μετά γυρίζει αμέσως στο σπίτι στα βράχια.

«Και ποιος θα πάει να μιλήσει στον Μιγκέλ;» ρωτάει η Νέλλυ. «Αφού ξέρετε ότι είναι λίγο τρομακτικός αυτός ο άνθρωπος...»

«Θα πάω εγώ» απαντάει η Μάττυ χωρίς **καθυστέρηση**! «Ξέρω το μονοπάτι για το σπίτι του και δεν με τρομάζει εμένα ο Μιγκέλ.»

«Είσαι σίγουρη;» ρωτάει ο Μακ. «Θα παίξεις τη ζωή σου κορόνα γράμματα και ξέρεις ότι αν σου συμβεί κάτι, δεν θα μπορέσω να ζήσω χωρίς εσένα!»

«Μη στεναχωριέσαι, αγάπη μου, θα έχω τα μάτια μου δεκατέσσερα».

«Πάρε μαζί σου το βίντεο από το *Άφεσις* και το μπλουζάκι του Κοτσίδα» λέει ο Πρόεδρος «ο Μιγκέλ σίγουρα κάτι θα βρει!»

Η Μάττυ παίρνει το βίντεο και το μπλουζάκι και ξεκινάει από το *Αναλένα* για το σπίτι του Μιγκέλ. Διασχίζει το χωριό με βιασύνη και φτάνει στο λιμανάκι. Τώρα πρέπει να ξεπεράσει το πρώτο εμπόδιο – τον χειμώνα έγινε μια **κατολίσθηση** και το παλιό πέρασμα για την *Πλάκα* δεν υπάρχει πιά. Με μεγάλη προσοχή και με **ισορροπία** σε κάθε βήμα, η Μάττυ σκαρφαλώνει τα πεσμένα βράχια και καταφέρνει να φτάσει στην όμορφη παραλία.

Περπατάει στην καυτή άμμο για δέκα περίπου λεπτά και, λίγο πριν το ξενοδοχείο *Αδάμ*, κόβει προς το βουνό κι αρχίζει ν' ανεβαίνει το μονοπάτι που θα τη φέρει στην άκρη της παραλίας. Η ανηφόρα είναι μεγάλη και το περπάτημα πολύ κουραστικό μέσα στη ζέστη, αλλά η Μάττυ είναι καλά γυμνασμένη και δεν έχει πρόβλημα. Μετά από άλλη μισή ώρα πεζοπορίας, φτάνει σ' ένα ύψωμα και βλέπει το σπίτι του Μιγκέλ από κάτω της. Επιτέλους, τώρα μόνο **κατηφόρα**!

Φτάνει στην πόρτα του σπιτιού και κοντοστέκεται. Πρέπει να προετοιμαστεί γιατί δεν ξέρει πώς θα την υποδεχθεί ο Μιγκέλ. **Δειλά δειλά** χτυπάει την πόρτα. Καμία απάντηση... Χτυπάει ξανά, αλλά πάλι, καμία απάντηση! Η Μάττυ αποφασίζει να πάει από μπροστά και να κοιτάξει μέσα στο σπίτι για να δει αν είναι κάποιος εκεί. Χωρίς να κάνει θόρυβο, φτάνει στην μπροστινή πόρτα και ετοιμάζεται να κοιτάξει μέσα. Πριν προλάβει να το κάνει, η πόρτα ανοίγει με **πάταγο** και πετάγεται μπροστά της ο Μιγκέλ με ένα πιστόλι στο χέρι!

«Μιγκέλ, εγώ είμαι, η Μάττυ, μην **πυροβολήσεις** παρακαλώ! Συγγνώμη που έρχομαι χωρίς να ειδοποιήσω, αλλά έχουμε ένα μεγάλο πρόβλημα και χρειαζόμαστε τη βοήθειά σου!»

Ο Μιγκέλ, αμίλητος, κοιτάζει γύρω γύρω για να δει αν η Μάττυ είναι μόνη της. «Μιγκέλ, συγγνώμη και πάλι, ο

Πρόεδρος με έστειλε, γιατί το χωριό σε χρειάζεται. Μπορώ να σου δείξω κάποια πράγματα;»

Ο Μιγκέλ ησυχάζει και **κάνει νόημα** στη Μάττυ να τον ακολουθήσει μέσα στο σπίτι. Κάθονται στο μικρό σαλονάκι και η Μάττυ αρχίζει να του λέει για τον φόνο του Ιάσονα και τα δύο βασικά στοιχεία που έχουν βρεθεί, το βίντεο του *Άφεσις* και το ματωμένο μπλουζάκι απ' τα *Καγκιόλια*.

Μόλις τελειώνει η Μάττυ, ο Μιγκέλ σηκώνεται και της κάνει νόημα να έρθει μαζί του. Πάνε στην κουζίνα κι εκεί, ο Μιγκέλ πατάει ένα κουμπί στην τοστιέρα. Από το πουθενά, ανοίγει ένας τοίχος κι εμφανίζεται μια σκάλα που κατεβαίνει προς το υπόγειο. Ο Μιγκέλ κατεβαίνει τις σκάλες και η Μάττυ τον ακολουθεί.

COMPREHENSION & LEARNING ELEMENTS

SUMMARY (Translate into Greek)

Miguel is an eccentric type who lives at the edge of *Plaka* and almost never goes to the village. Matty takes the video tape and the bloody shirt and walks to Miguel's house. Miguel is not happy to see her, but he listens to the story and decides he will help. They go down to the basement.

VOCABULARY

- **εκκεντρικός/ή**   eccentric
- **σκαρφαλώνω**   to climb
- **ο πράκτορας (οι πράκτορες)**   agent
- **η καθυστέρηση (οι καθυστερήσεις)**   delay
- **η σανίδα (οι σανίδες)**   board (surf or paddle)
- **η κατολίσθηση (οι κατολισθήσεις)**   rockfall
- **η ισορροπία (οι ισορροπίες)**   balance
- **η κατηφόρα (οι κατηφόρες)**   downhill
- **δειλά δειλά**   timidly, with trepidation
- **ο πάταγος**   clutter (mostly singular)
- **πυροβολώ**   to shoot (a weapon)
- **κάνω νόημα**   to signal

EXERCISE (Sayings)

Mak tells Matty «Θα παίξεις τη ζωή σου κορόνα γράμματα» when she volunteers to go talk to Miguel. Do you know why? Let's take a look at this and a few other well-known Greek sayings. What is the literal translation?

- **Παίζω (κάτι) κορόνα γράμματα** = to take a big risk
  - Literally: _____

- **Όταν λείπει η γάτα, χορεύουν τα ποντίκια** = when the cat's away, the mice will play
  - Literally: _____

- **Τα πολλά τα λόγια είναι φτώχεια** = actions speak louder than words
  - Literally: _____

- **Είπε ο γάιδαρος τον πετεινό κεφάλα** = the pot calling the kettle black
  - Literally: _____

- **Ο καλός ο καπετάνιος στη φουρτούνα φαίνεται** = the real character of a person shines through in difficult times
  - Literally: _____

EXERCISE (Matching)

Now that you've met almost all the people in our story, do you remember who is who?

A	Κίττυ	1	Άντρας της Μάττυ
B	Ρίνα	2	Μυστικός πράκτορας
Γ	Πρόεδρος	3	Παιδαγωγός
Δ	Μιγκέλ	4	Σωματοφύλακας και μάγειρας
E	Σταμάτης	5	Παντρεμένη με τον Τακ
Z	Μακ	6	Δυστυχώς δεν ζει πια
H	Άννακα	7	Πολιτικός στον Αϊ-Γιάννη
Θ	Ιάσονας	8	Γνωστός προπονητής
I	Κοτσίδας	9	Ντίβα από την Αθήνα
K	Τζωρτζίνος	10	Σταρ του Χόλιγουντ

ΚΕΦΑΛΑΙΟ 8: Τρίτη απόγευμα

Μόλις φτάνουν κάτω, η Μάττυ μένει **άφωνη**! Το υπόγειο είναι γεμάτο με κομπιούτερ, οθόνες, εκτυπωτές, ενώ παντού αναβοσβήνουν διάφορα φωτάκια κι ακούγονται περίεργοι ήχοι. Το πιο **εντυπωσιακό** όμως είναι μια τεράστια οθόνη που κρέμεται στον τοίχο. Είναι χωρισμένη σε οκτώ μικρότερες οθόνες και η κάθε μια δείχνει με απίστευτη **λεπτομέρεια** κάποιο σημείο της περιοχής!

Η Μάττυ δεν μπορεί να πιστέψει αυτό που βλέπει μπροστά της! Πώς είναι δυνατόν αυτό το μισογκρεμισμένο σπιτάκι στην πιο απομακρυσμένη άκρη του χωριού να είναι ένα υπερσύγχρονο κέντρο ηλεκτρονικής **κατασκοπείας**; Η Μάττυ φαντάζεται ότι πάνω από τον Αϊ-Γιάννη πρέπει να περνάνε **δορυφόροι** που μιλάνε με τα συστήματα του Μιγκέλ!

Ο Μιγκέλ της δείχνει μια καρέκλα, η Μάττυ κάθεται, κι ο Μιγκέλ αρχίζει να **επεξεργάζεται** τα στοιχεία.

Πρώτα περνάει το βίντεο από το *Άφεσις* σε έναν υπολογιστή. Σε έναν άλλο υπολογιστή, βάζει τα δεδομένα από τα σημεία όπου μάλλον πέρασε ο δολοφόνος – το *Άφεσις*, το *Παλήνη*, το *Φάρω*, το *Παπά Νερό* και τα *Καγκιόλια*. Ταυτόχρονα, βάζει το ματωμένο μπλουζάκι σε ένα ειδικό σύστημα σπεκτρανάλυσης.

Όλα τα κομπιούτερ **βουίζουν**, φωτάκια αναβοσβήνουν ασταμάτητα, και οι οθόνες εστιάζουν σε διάφορους χάρτες... Ο Μιγκέλ πηγαίνει από σύστημα σε σύστημα και χτυπάει πλήκτρα, πατάει κουμπιά, επεξεργάζεται εικόνες, όλα αυτά χωρίς να πει κουβέντα.

Μετά από δύο ώρες αγωνίας, σε μια από τις οθόνες εμφανίζεται ένας μυστήριος άντρας. Αν και φοράει χαλαρά ρούχα, η Μάττυ τον αναγνωρίζει – είναι ο **πλωτάρχης** Σώτερ των ελληνικών μυστικών υπηρεσιών που ζει μεταξύ Ελλάδας, Λονδίνου και Ταϊβάν (είναι κι αυτός παλιός κατασκηνωτής της ΧΑΝ). Ο πλωτάρχης μιλάει κινέζικα αλλά ο Μιγκέλ τον ακούει με προσοχή και φαίνεται να καταλαβαίνει ακριβώς τι του λέει.

Ο πλωτάρχης **εξαφανίζεται** από την οθόνη κι ο Μιγκέλ σηκώνεται από την καρέκλα του και πηγαίνει σε έναν εκτυπωτή όπου τυπώνεται σιγά σιγά μια σελίδα με τη φωτογραφία ενός άντρα.

«Αυτός!» λέει ο Μιγκέλ και δείχνει στη Μάττυ μια φωτογραφία του παπα-Χριστόδουλου!

Μετά, ο Μιγκέλ πάει σε έναν άλλο εκτυπωτή και παίρνει μια άλλη σελίδα.

«Εδώ!» συνεχίζει ο Μιγκέλ και στη σελίδα δείχνει έναν χάρτη της περιοχής μ᾽ έναν μεγάλο κύκλο σ᾽ ένα σημείο νότια από την *Νταμούχαρη*!

Η Μάττυ είναι σαστισμένη! Πριν επεξεργαστεί τι της είπε, σκέφτεται ότι ο Μιγκέλ δεν μιλάει ποτέ, αλλά μόλις άκουσε τη φωνή του δύο φορές! Πρόκειται για **θαύμα**!

Και τότε συγκεντρώνεται στην ανάλυση του Μιγκέλ. Ο παπα-Χριστόδουλος; Μα γιατί; Της φαίνεται πολύ περίεργο, αλλά είναι σίγουρη ότι ο Μιγκέλ δεν κάνει ποτέ λάθος! Πρέπει να γυρίσει αμέσως πίσω και να **παραδώσει** την ανάλυση στον Πρόεδρο!

Παίρνει τα χαρτιά που της έδωσε ο Μιγκέλ, τον ευχαριστεί, και μετά φεύγει τρέχοντας προς τον Αϊ-Γιάννη.

Η Μάττυ φτάνει στο χωριό μέσα σε μία ώρα και πάει κατευθείαν στο γραφείο του Προέδρου. Ο Πρόεδρος είναι κι αυτός **μπερδεμένος**. Γιατί ο παπα-Χριστόδουλος; Τι του έκανε ο Ιάσονας; Γιατί τσακώθηκαν; Γιατί τον σκότωσε;

Το μυστήριο του δολοφόνου λύθηκε, αλλά τώρα πρέπει να βρούνε τον παπα-Χριστόδουλο και να πάρουν απαντήσεις σε όλες αυτές τις απορίες!

COMPREHENSION & LEARNING ELEMENTS

SUMMARY (Translate into Greek)

Miguel's basement is full of computers and electronics, Matty is speechless. Miguel starts working and, after two hours, he solves the mystery. The murderer is Fr. Christodoulos and he is now hiding somewhere close to *Damouhari*. Tak was right!

VOCABULARY

- **άφωνος/η**   voiceless, speechless
- **εντυπωσιακός/ή**   impressive
- **η λεπτομέρεια (οι λεπτομέρειες)**   detail
- **η κατασκοπεία (οι κατασκοπείες)**   spying
- **ο δορυφόρος (οι δορυφόροι)**   satellite
- **επεξεργάζομαι**   to process
- **βουίζω**   to buzz
- **ο πλωτάρχης (οι πλωτάρχες)**   Lt. Commander (Navy)
- **εξαφανίζομαι**   to disappear
- **το θαύμα (τα θαύματα)**   miracle
- **παραδίνω (ή παραδίδω)**   to deliver, to surrender
- **μπερδεμένος/η**   confused, perplexed

EXERCISE (Computer terminology)

Obviously, Miguel is a sophisticated computer user. Would you know how to talk about technology in Greek? True, in most cases, you can simply use the English words, but let's learn some useful terms in Greek. (Or, "Greeklish," as the case might be...)

ο (φορητός/επιτραπέζιος) υπολογιστής	(laptop/desktop) computer
το πλήκτρο, το πληκτρολόγιο, πληκτρολογώ	key, keyboard, to type
το κουμπί, το ποντίκι, η οθόνη	button, mouse, screen/monitor
ο εκτυπωτής, εκτυπώνω	printer, to print
ο σκληρός δίσκος, η μνήμη, το στικάκι	hard disk, memory, (USB) stick
το πρόγραμμα, η εφαρμογή	program, application
ξεκινάω, κλείνω	open/start, close/turn off
συνδέομαι, ανεβάζω, κατεβάζω	to connect, to upload, to download
αντιγράφω, επικολλώ, σβήνω	to copy, to paste, to delete

ο φάκελος, το αρχείο, το έγγραφο, η εικόνα	folder, file, document, image
σώζω, αρχειοθετώ, επισυνάπτω	to save, to file, to attach
η κάμερα, το μικρόφωνο, το ακουστικό	camera, microphone, headphones
το διαδίκτυο (το ίντερνετ)	internet
ο περιηγητής/browser, περιηγούμαι/σερφάρω	browser, to browse/surf
το ηλεκτρονικό ταχυδρομείο	email
το Wi-Fi, ασύρματο, η σύνδεση	Wi-Fi, wireless, connection

1. Ο Μιγκέλ _____ (turns on) τον υπολογιστή του, _____ (connects) στο διαδίκτυο, κι αρχίζει να κοιτάζει τις εικόνες στις διάφορες _____ (monitors).

2. Ο Μιγκέλ _____ (types) με μανία, ανεβοκατεβάζει _____ (documents) και _____ (images), και τα στέλνει με _____ (email), αν και δεν ξέρουμε πού!

3. Αν πέσει το _____ (internet), είμαστε χαμένοι, δεν ξέρουμε τι να κάνουμε. Το ίδιο και όταν δεν έχουμε _____ (Wi-Fi) _____ (connection).

EXERCISE (Cryptogram)

Solve each cryptogram below based on the clue. Find the real letters that correspond to the letters in the encrypted phrase and replace them to uncover the original phrase. (Note that each cryptogram is using its own separate code.)

1. Something about where the village of our story is located (6 words):

   Θ ΞΜ ΥΜΞΖΖΑΩ ΣΜΖΞΜ ΩΨΘ ΙΑΒΜΘ

2. Something about whom a key person in this chapter fears – or doesn't (5 words):

   Σ ΒΚΙΙΦ ΕΛΧ ΠΞΔΚΙΚΨ ΩΚΧΛΧΚΧ

3. Something about the place where the victim of our story was working (4 words):

   Ψ ΒΗΡΗΟΝΚΛΨΛ ΝΚΜΗΚ ΥΒΗΡ

ΚΕΦΑΛΑΙΟ 9: Τετάρτη πρωί

Την Τετάρτη το πρωί, ο Ρότζερ ξυπνάει πολύ νωρίς, πριν βγει ο ήλιος. Έχει κλείσει μια πρωινή εκδρομή με καγιάκ από την παραλία της *Νταμούχαρης* και πρέπει να είναι εκεί πριν από τις εφτά. Ανοίγει την μπαλκονόπορτα και βλέπει ότι θα είναι μια πολύ ωραία μέρα. Ο ουρανός δεν έχει σύννεφα και δεν φυσάει καθόλου, ό,τι πρέπει για καγιάκ!

Ο Ρότζερ φοράει το μαγιό του κι από επάνω βάζει ένα κοντό παντελόνι κι ένα άνετο μπλουζάκι. Βάζει στην τσάντα του γυαλιά ηλίου, **αντιηλιακό**, κι ένα καπελάκι και παίρνει μαζί του τη φωτογραφική του μηχανή και φυσικά το drone του γιατί ξέρει ότι θα πάνε σε κάτι πολύ όμορφα μέρη.

Κατεβαίνει από το δωμάτιό του και πηγαίνει στην παραλία. Η θάλασσα δεν έχει ούτε ένα κυματάκι. Ο ήλιος αρχίζει να βγαίνει στον ορίζοντα και ρίχνει πορτοκαλί και χρυσοκίτρινες **αποχρώσεις** στο γαλάζιο νερό, φτιάχνοντας μια μαγική εικόνα. Στο βάθος, μπροστά απ' τον ήλιο που ανεβαίνει, μια ψαρόβαρκα κινείται αργά, το πρώτο σημάδι ότι ξυπνάει το χωριό.

Ο Ρότζερ παίρνει το αυτοκίνητό του κι ανεβαίνει το βουνό στο δρόμο για την *Νταμούχαρη*. Φτάνει εκεί γύρω στις εφτά παρά τέταρτο και παρκάρει στο μικρό πάρκινγκ πάνω από το χωριό. Όλα είναι γαλήνια. Κατεβαίνει με προσοχή το καλντερίμι προς την παραλία κι εκεί βρίσκει την οδηγό της εκδρομής, Ειρήνη Σεν, μια Ελληνογερμανίδα **φυσιολάτρη** που περνάει τα καλοκαίρια της στο Πήλιο οδηγώντας πεζοπορίες και άλλες **εξερευνήσεις** για τουρίστες.

Στο λιμανάκι της *Νταμούχαρης*, το τοπίο είναι πανέμορφο, με τον πρωινό ήλιο να φωτίζει τη γραφική παραλία. Εκεί περιμένουν άλλα πέντε άτομα, έτοιμα για την εκδρομή. Η Ειρήνη διαλέγει τα καγιάκ για τον καθένα, τους δίνει σωσίβια και κουπιά και μετά τους εξηγεί πού θα πάνε στην εκδρομή και τι θα δούνε.

Μετά από λίγο, η ομάδα ξεκινάει και βγαίνει απ' το λιμάνι. Η **θάλασσα είναι λάδι** και το καγιάκ πλέει πολύ εύκολα. Οι μόνοι ήχοι που ακούγονται είναι από τα κουπιά που χτυπούν το νερό και από τα πουλιά που πετούν πάνω από την ακτή.

Η ομάδα πηγαίνει προς τα νότια και μετά την πρώτη μεγάλη στροφή, βλέπουν στο βάθος την παραλία της *Νταμούχαρης*. Τώρα μέσα από τη θάλασσα, στα δεξιά τους, οι βράχοι κάτω από τα *Καγκιόλια* φαίνονται ακόμα πιο εντυπωσιακοί. Λίγο αργότερα, η ομάδα περνάει μέσα από κάτι φυσικές σπηλιές μέσα στα βράχια και **θαυμάζει** τους **σχηματισμούς**. Σε όλη την πορεία, η Ειρήνη δίνει πληροφορίες και λέει ιστορίες για την περιοχή, αλλά πάντα προσέχει να μη μείνει κανένας πίσω.

Επόμενη στάση της εκδρομής είναι η παραλία της *Φακίστρας*, που είναι από τις πιο γνωστές στο Πήλιο. Οι καγιάκερς βγαίνουν στην ακτή για να ξεκουραστούν και να κάνουν μια πρώτη βουτιά στη θάλασσα. Η Ειρήνη όμως έχει μια έκπληξη! Στο καγιάκ της έχει έναν αδιάβροχο σάκο με καφέ κι ένα ειδικό **κολατσιό** για όλους. Έχει ετοιμάσει ντάκο – φρυγανιά με λάδι, ντομάτα, κρεμμύδι, φέτα, και βασιλικό, μια σπεσιαλιτέ από την Κρήτη που αρέσει σε όλους.

Η ομάδα πίνει τον καφέ, τρώει το κολατσιό, κάνει μια βουτιά στα όμορφα νερά της *Φακίστρας* και μετά ετοιμάζεται για επιστροφή προς την *Νταμούχαρη*. Μετά από 15 λεπτά, τα καγιάκ φτάνουν σε έναν μικρό όμορφο κόλπο, τον Άγιο Αθανάσιο. Τι ωραία βόλτα είναι αυτή σήμερα!

Η Ειρήνη εξηγεί στην ομάδα ότι στον κόλπο αυτό υπάρχει κάτι το μοναδικό – μια **πηγή** γλυκού νερού μέσα στη θάλασσα! Οι εκδρομείς δένουν τα καγιάκ στα βράχια και κολυμπούν προς τη μικρή παραλία. Η Ειρήνη τους δείχνει την πηγή, είναι μια μικρή τρύπα στον πάτο της θάλασσας απ᾽ όπου πετάγεται με δύναμη παγωμένο νερό. Το νερό είναι τόσο κρύο γιατί ξεκινάει από ψηλά στο Πήλιο και **διασχίζει** όλη την πλαγιά του βουνού πριν φτάσει στη θάλασσα.

Οι καγιάκερς κάνουν βουτιές γύρω απ' την πηγή μέσα στα όμορφα νερά. Ένας ένας, βάζουν το χέρι τους ακριβώς μπροστά από την τρύπα στον βυθό και νιώθουν το παγωμένο νερό που βγαίνει από την πηγή. Κάποιος γεμίζει ένα ποτήρι με το νερό της πηγής, το βγάζει από τη θάλασσα, το δοκιμάζει, και πραγματικά είναι γλυκό – δεν έχει καθόλου αλάτι! Πώς γίνεται αυτό; Άλλο ένα μυστικό του Πηλίου!

Οι εκδρομείς βγαίνουν από τη θάλασσα για να ξεκουραστούν και ν' απολαύσουν τον πρωινό ήλιο. Ξαφνικά, την ώρα που ετοιμάζουν τα πράγματά τους για τη συνέχεια της εκδρομής, η Ειρήνη βλέπει κάποιον μέσα στα δέντρα πάνω από την παραλία. Είναι ένας άντρας που στέκεται πίσω από τα κλαδιά και τα φύλλα και τους κοιτάζει από ψηλά. Είναι περίεργο, τι κάνει εκεί αυτός ο άντρας; Και γιατί κρύβεται;

Ο Ρότζερ έχει μια ιδέα! Βγάζει από το σακίδιό του το drone του και το σηκώνει από τα βράχια γύρω απ' τον μικρό κόλπο. Μόλις ανεβαίνει ψηλά το drone, ο Ρότζερ βλέπει ότι ακριβώς επάνω από την παραλία, μέσα στα δέντρα, υπάρχει μια μικρή **παράγκα** που έχει θέα στη θάλασσα. Ο μυστήριος άντρας τρέχει και μπαίνει γρήγορα μέσα στην παράγκα. Όλα αυτά είναι λίγο περίεργα, αλλά ο Ρότζερ τώρα έχει βίντεο και φωτογραφίες. Μόλις γυρίσει στον Αϊ-Γιάννη, θα τα κοιτάξει για να δει αν είναι κάτι σημαντικό.

Οι καγιάκερς μαζεύουν τα πράγματά τους, τα φορτώνουν στα καγιάκ, και φεύγουν από τον Άγιο Αθανάσιο. Σιγά σιγά, επιστρέφουν στην *Νταμούχαρη* και ο Ρότζερ μπαίνει στο αυτοκίνητό του για να γυρίσει στον Αϊ-Γιάννη. Φτάνει στο *Αναλένα* γύρω στις τρεις το μεσημέρι, αισθάνεται πολύ κουρασμένος από την εκδρομή, κι έτσι πέφτει στο κρεβάτι του για έναν απογευματινό ύπνο.

COMPREHENSION & LEARNING ELEMENTS

SUMMARY (Translate into Greek)

Roger goes on a kayak excursion that sets off from the *Damouhari* beach. It is a very beautiful day and the group is having a great time. They swim at *Fakistra*, they eat a snack, and then, they go to Agios Athanasios, where there is a natural spring inside the sea. A strange man is looking at them from above and Roger takes video of him with his drone.

VOCABULARY

- **το αντιηλιακό (τα αντιηλιακά)**   sunscreen
- **η απόχρωση (οι αποχρώσεις)**   hue
- **ο/η φυσιολάτρης (οι φυσιολάτρες)**   nature lover
- **η εξερεύνηση (οι εξερευνήσεις)**   exploration
- **θάλασσα λάδι**   a sea as still as the surface of oil
- **θαυμάζω**   to admire
- **ο σχηματισμός (οι σχηματισμοί)**   formation
- **το κολατσιό (τα κολατσιά)**   snack
- **η πηγή (οι πηγές)**   spring, source
- **διασχίζω**   to cross, to traverse
- **η παράγκα (οι παράγκες)**   hut

EXERCISE (Crossword Puzzle)

ΟΡΙΖΟΝΤΙΑ (ACROSS)

4. Το μαγικό μας βουνό
5. Εστιατόριο γνωστό για τα κεφτεδάκια του
7. Σνακ μπαρ με τα καλύτερα πιτόγυρα
10. Απότομο μονοπάτι κοντά στην *Νταμούχαρη*
12. Η Ειρήνη Σεν ξεκινάει τις εκδρομές της εδώ
14. Τελευταίο μεγάλο χωριό πριν το «μεγάλο σαφάρι» αρχίσει την επιστροφή στην κατασκήνωση την τρίτη μέρα

ΚΑΘΕΤΑ (DOWN)

1. Πρωινό μέρος συνάντησης για καφέ
2. Φανταστική παραλία βόρεια του Αϊ-Γιάννη

3.   Απόμακρη παραλία νότια της *Νταμούχαρης*

6.   Το καλύτερο ξενοδοχείο στο χωριό

8.   Ένας σημαντικός άνθρωπος στον Αϊ-Γιάννη

9.   Περίφημη κατασκήνωση για παιδιά

11. Η μεγαλύτερη πόλη κοντά στον Αϊ-Γιάννη

13. Άλλο ένα ξενοδοχείο του Αϊ-Γιάννη

EXERCISE (Doesn't belong)

One of these things doesn't belong on your **kayak**. Which one is it?

σωσίβιο – κουπί – καπέλο – γιγαντοοθόνη – σάκος

One of these things never belongs in your **coffee**. Which one is it?

γάλα – ζάχαρη – πάγος – καφές – αλάτι

ΚΕΦΑΛΑΙΟ 10: Τετάρτη βράδυ

Μετά από λίγες ώρες, ο Ρότζερ ξυπνάει κι αμέσως ανοίγει τον υπολογιστή του. **Συνδέει** την κάρτα μνήμης από το drone κι αρχίζει να κοιτάζει με προσοχή τις φωτογραφίες και το βίντεο από τον Άγιο Αθανάσιο. Αμέσως καταλαβαίνει ότι ο άντρας που είδαν είναι ο παπα-Χριστόδουλος που τον ψάχνει όλο το χωριό! Έχει μια καθαρή φωτογραφία του όταν ο παπα-Χριστόδουλος κοίταξε στον ουρανό για να δει το drone. Επίσης, το βίντεο δείχνει ακριβώς πού βρίσκεται η παράγκα όπου κρύβεται.

Χωρίς να χάσει χρόνο, ο Ρότζερ παίρνει τηλέφωνο τον Πρόεδρο. «Πρόεδρε, ξέρω πού είναι ο παπα-Χριστόδουλος! Τον είδα σήμερα το πρωί στον Άγιο Αθανάσιο!» «Μπράβο, Ρότζερ» λέει ο Πρόεδρος, «έρχομαι αμέσως για να κάνουμε σχέδια να πάμε να τον πιάσουμε!»

Η υπόλοιπη παρέα είναι μαζεμένη κάτω από τα δέντρα στον κήπο του *Αναλένα*. Ο Ρότζερ ντύνεται γρήγορα και κατεβαίνει για να τους δείξει τις φωτογραφίες και το βίντεο!

Όλοι είναι **ανακουφισμένοι** που βρέθηκε ο παπα-Χριστόδουλος αλλά είναι και ανήσυχοι γιατί ξέρουν ότι ίσως να είναι δύσκολο να τον πιάσουν. Αποφασίζουν να πάνε στην *Αφασία* για φαγητό, εκεί θα κάνουν τα σχέδιά τους!

Στην *Αφασία* η παρέα κάθεται σε ένα μεγάλο τραπέζι. Από τους άντρες είναι εκεί ο Βασιλιάς, ο Σταμάτης, ο Τζωρτζίνος, ο Ρότζερ, ο Πρόεδρος, ο Τακ και ο Μακ. Από τις γυναίκες είναι η Κίττυ, η Διονυσία, η Νέλλυ, η Ρίνα και η Μάττυ. Μαζί τους είναι και δυο ακόμη φίλοι που μόλις έφτασαν από τη Θεσσαλονίκη. Είναι η Άρτεμις με τον άντρα της, τον Γκάρυ.

Αμέσως έρχονται οι σερβιτόροι και στρώνουν το τραπέζι. Αφήνουν **μαχαιροπίρουνα**, κανάτες με νερό, και καλαθάκια με ψωμί. Σε λίγο έρχεται κι ο ιδιοκτήτης, ο Τόλης.

Ο Μακ αποφασίζει να παραγγείλει για το τραπέζι γιατί ξέρει καλά τι αρέσει σε όλους. «Λοιπόν, Τόλη, φέρε μας τέσσερα μπιφτέκια, τρία κεφτεδάκια, τρία κοκκινιστά, δυο σαγανάκια, τρία κολοκυθάκια τηγανιτά, δυο λαχανοντολμάδες, τρεις χωριάτικες, δυο χόρτα, ένα τζατζίκι, και πολλές πατάτες».

«Τι θα πιει η παρέα;» ρωτάει ο Τόλης. «Σίγουρα κρασί λευκό» λέει ο Μακ «αλλά φέρε μας και λίγες μπύρες Μύθος. Και φυσικά, θα μας φέρεις και τσίπουρο Αποστολάκη με **γλυκάνισο**!»

«Τόλη, επειδή πεινάω πολύ σήμερα, βάλε και δυο χοιρινές μπριζόλες με πατάτες τηγανητές» λέει ο Γκάρυ. «Και μία κόκα κόλα» λέει η Άρτεμις που δεν μπορεί να φάει τίποτα χωρίς αυτό το αναψυκτικό.

«Τόλη,» φωνάζει ο Σταμάτης «θέλω επίσης τέσσερις πιπεριές καυτερές, δυο φέτες, λίγη ρίγανη, λίγο σκόρδο, και λαδάκι. Θα φτιάξω τη σπεσιαλιτέ μου!»

Μετά από λίγο γυρίζει ο Τόλης με τα πράγματα που ζήτησε ο Σταμάτης. Ο Σταμάτης παίρνει τις πιπεριές, κόβει τα **κοτσάνια** τους και μετά τις κόβει σε μικρές **ροδελίτσες**. Στη συνέχεια, παίρνει ένα πιρούνι κι αρχίζει να τις **ανακατεύει** με το τυρί. Ρίχνει το σκόρδο και τη ρίγανη, και κάθε λίγο ρίχνει και λίγο λάδι στο μείγμα. Συνεχίζει να ανακατεύει μέχρι να γίνουν όλα ένα.

Ο Σταμάτης είναι πολύ συγκεντρωμένος, είναι σαν να βλέπεις έναν **καλλιτέχνη** να δουλεύει πάνω σε ένα έργο τέχνης! Μετά από λίγο, δοκιμάζει μια μπουκιά. Ο Σταμάτης είναι ευχαριστημένος με το αποτέλεσμα, η **τυροκαυτερή** είναι έτοιμη! Ας έρθουν τώρα το ψωμί και τα τσίπουρα!

Όπως πάντα, το βραδινό κρατάει πολλές ώρες. Φυσικά, το μόνο θέμα συζήτησης είναι ο παπα-Χριστόδουλος!

«Πρέπει να πάμε όσο γίνεται πιο γρήγορα στον Άγιο Αθανάσιο, γιατί μπορεί να φύγει από εκεί ο παπα-Χριστόδουλος» λέει ο Πρόεδρος.

«Και πώς θα φτάσουμε εκεί χωρίς να μας **πάρει χαμπάρι**;» ρωτάει ο Βασιλιάς.

Η Ρίνα έχει μια ιδέα! «Μήπως να φωνάξουμε τον καπετάν Νικόλα να σας πάει με τη βάρκα του στον 'Αγιο Αθανάσιο;» Ο καπετάν Νικόλας είναι ένας παλιός καπετάνιος σε κρουαζιερόπλοια που τώρα μένει μόνιμα στο Πήλιο και ξέρει τα μέρη πολύ καλά. Η βάρκα του είναι πολύ γερή κι έχει μια δυνατή, αλλά αθόρυβη μηχανή.

Ο Πρόεδρος τον παίρνει τηλέφωνο κι ο καπετάν Νικόλας δέχεται αμέσως να βοηθήσει. Αποφασίζουν να βρεθούν το πρωί, πριν την ανατολή, στο λιμανάκι του Αϊ-Γιάννη.

«Εντάξει, τώρα ν' αποφασίσουμε ποιοι θα έρθουν μαζί μου!» λέει ο Βασιλιάς. «Φυσικά θα έρθει ο Σταμάτης, γιατί είναι ο πιο δυνατός της παρέας. Θέλω όμως και τον Τακ, γιατί έχει κλείσει πολλές δουλειές στη ζωή του και είναι καλός **στο πίτσι πίτσι**. Πρόεδρε, εσύ να έρθεις, αλλά θα μας περιμένεις στη βάρκα με τον καπετάνιο».

Ο Τόλης φέρνει καρπούζι για όλους και η παρέα ζητάει τον λογαριασμό. Η ταρίφα είναι 17 ευρώ το άτομο, ό,τι κι αν φας, όσο κι αν φας, κάθε φορά που τρως στην *Αφασία*...

Η παρέα γυρίζει στο *Αναλένα*. Εκεί, στην πόρτα του ξενοδοχείου, όπως κάθε βράδυ, κάθεται ο Μάνος και διαβάζει ένα βιβλίο. Αυτήν την εβδομάδα διαβάζει το «Πόλεμος και Ειρήνη και Πόλεμος και Ειρήνη» και τώρα είναι στη σελίδα 794. Καθώς βλέπει την παρέα να έρχεται, τους παρακαλεί να μη φωνάζουν γιατί οι υπόλοιποι πελάτες κοιμούνται.

COMPREHENSION & LEARNING ELEMENTS

SUMMARY (Translate into Greek)

Roger sees Fr. Christodoulos on the drone video and tells the news to Proedros. The group goes to *Afasia* for dinner, where Stamatis prepares a tasty tyrokafteri spread. During dinner, they think about how to catch Fr. Christodoulos. Vassilias makes a plan for the next morning and decides who will go with him.

VOCABULARY

- **συνδέω**   to connect
- **ανακουφισμένος/η**   relieved
- **τα μαχαιροπίρουνα**   silverware
- **ο γλυκάνισος (οι γλυκάνισοι)**   anise
- **το κοτσάνι (τα κοτσάνια)**   stem
- **η ροδέλα (οι ροδέλες)**   strip
- **ανακατεύω**   to mix, to combine
- **ο καλλιτέχνης (οι καλλιτέχνες)**   artist
- **η τυροκαυτερή (οι τυροκαυτερές)**   spicy feta cheese spread
- **παίρνω χαμπάρι**   to figure out, to get wind of
- **το πίτσι πίτσι**   small talk (slang)

EXERCISE (Scramble)

Can you unscramble these letter salads and find the yummy foods?

1. Γ Τ Υ Ι Ο Ρ Ο Π   _____
2. Τ Ρ Ι Σ Π Ο Ο Υ   _____
3. Ζ Α Ι Κ Ζ Ι Τ Τ Ι   _____
4. Π Τ Α Τ Σ Α Ε Τ   _____
5. Φ Ι Ε Δ Κ Ε Α Τ Κ Α   _____

EXERCISE (Numbers)

You are probably familiar with Greek numbers at this point of your linguistic journey, but do you know how to spell them correctly? Write out the numbers in the sentences below:

1. Η εκδρομή με τα καγιάκ κράτησε _____ (8) ώρες.

2. Όλα τα γεύματα στην *Αφασία* κοστίζουν πάντοτε ακριβώς _____ (17) ευρώ.

3. Ο Μιγκέλ έχει _____ (132) οθόνες στο υπόγειό του.

4. Ο Τζωρτζίνος κολυμπάει _____ (365) μέρες τον χρόνο.

By the way, do you know what we call the four arithmetic operations and their corresponding signs in Greek? (Note also that we say «ίσον» for "equals.")

- **Addition (plus): Πρόσθεση (συν/και)**
  1 + 1 = 2, ένα συν ένα ίσον δύο

- **Subtraction (minus): Αφαίρεση (μείον)**
  5 - 1 = 4, πέντε μείον ένα ίσον τέσσερα

- **Multiplication (times): Πολλαπλασιασμός (επί)**
  4 * 5 = 20, τέσσερα επί πέντα ίσον είκοσι

- **Division (by): Διαίρεση (διά)**
  12 / 3 = 4, δώδεκα διά τρια ίσον τέσσερα

ΚΕΦΑΛΑΙΟ 11: Πέμπτη χαράματα

Το επόμενο πρωί, στις 5 και μισή, συναντιούνται στο λιμανάκι του Αϊ-Γιάννη ο Πρόεδρος, ο Βασιλιάς, ο Σταμάτης και ο Τακ. Ο καπετάν Νικόλας τους περιμένει με το σκάφος έτοιμο. Έχει πάρει μαζί του ρόπαλα, σχοινιά, και μαχαίρια για να είναι **οπλισμένοι**.

Η βάρκα ξεκινάει και ο καπετάν Νικόλας οδηγεί με προσοχή και αυτοσυγκέντρωση. Ο Βασιλιάς είναι ανήσυχος, στο μυαλό του σκέφτεται το σχέδιο που έχει **καταστρώσει** για να πιάσουν τον παπα-Χριστόδουλο. Πρώτα, θ' ανέβει ο Τακ από την παραλία και θα πάει προς την παράγκα όπου κρύβεται ο παπάς για να προσπαθήσει να του μιλήσει. Την ίδια ώρα, ο Βασιλιάς και ο Σταμάτης θ' ανέβουν από πίσω για να κλείσουν τον δρόμο στον παπα-Χριστόδουλο, αν προσπαθήσει να ξεφύγει απ' τον Τακ. Η μόνη άλλη **διέξοδος** είναι προς την παραλία, όπου θα περιμένουν ο Καπετάνιος κι ο Πρόεδρος. «Το σχέδιο είναι τέλειο» σκέφτεται ο Βασιλιάς και ηρεμεί.

Το σκάφος πλησιάζει τον Άγιο Αθανάσιο κι ο καπετάν Νικόλας κόβει τη μηχανή. Αφήνει τη βάρκα να πλησιάσει τα βράχια και τη δένει με πολλή προσοχή. Ο Βασιλιάς, ο Σταμάτης κι ο Τακ βάζουν μαύρη μπογιά στο πρόσωπο, φοράνε μαύρα μαγιό και μπλουζάκια, βγαίνουν απ' τη βάρκα και μπαίνουν στο νερό αθόρυβα. Σαν κομάντος, κουβαλάνε τα σχοινιά, τα ρόπαλα, και τα μαχαίρια πάνω απ' τα κεφάλια τους καθώς πλησιάζουν την παραλία.

Ο Τακ βγαίνει απ' το νερό ακριβώς κάτω από την παράγκα κι αρχίζει να σκαρφαλώνει την πλαγιά με το μαχαίρι στο χέρι. Ο Βασιλιάς κι ο Σταμάτης κολυμπούν περίπου εκατό μέτρα πιο πέρα και βγαίνουν στη **στεριά** πίσω από έναν μεγάλο βράχο. Με προσοχή αρχίζουν ν' ανεβαίνουν την πλαγιά από τη μεριά που δεν φαίνεται από την παράγκα.

Ο Τακ φτάνει στο ξέφωτο πάνω από την παραλία μέσα σε 15 λεπτά. Αφού παίρνει μια ανάσα, προχωράει προς την παράγκα του παπα-Χριστόδουλου. Είναι ακόμα σκοτάδι κι ο Τακ δεν κάνει κανέναν θόρυβο. Φτάνει στην πόρτα της παράγκας και μπαίνει προσεκτικά μέσα με το μαχαίρι στο χέρι. Δυστυχώς, ο παπάς τον άκουσε να πλησιάζει και τον περιμένει! Στο ένα χέρι κρατάει το κοντάρι που είχε κλέψει από τη σκούπα της Τατιάνας και στο άλλο έναν **φακό**.

Μόλις ο Τακ περνάει το **κατώφλι** της πόρτας, ο παπα-Χριστόδουλος ανάβει τον φακό και τον τυφλώνει.

«Ποιος είσαι και τι κάνεις εδώ;» του φωνάζει και πηδάει προς τον Τακ. Ο Τακ δεν μπορεί να τον δει, αλλά κουνάει το μαχαίρι προς τον φακό και τρομάζει τον παπα-Χριστόδουλο!

«Πάτερ μου, δεν χρειάζεται να χυθεί αίμα!» του λέει ο Τακ. «Ήρθα να μιλήσουμε για τον Ιάσονα. Τον βρήκαμε νεκρό στα βράχια μπροστά από το *Παλήνη* πριν τρεις μέρες και ξέρουμε ότι έχεις κάποια σχέση με τον θάνατό του. Ας συζητήσουμε ήρεμα...»

«Φύγε από εδώ αμέσως!» φωνάζει ο παπα-Χριστόδουλος. «Δεν ξέρω κανέναν Ιάσονα και δεν έχω καμία σχέση με αυτά που μου λες! Άσε με ήσυχο γιατί αλλιώς θα σε χτυπήσω...»

«Πάτερ μου, σε παρακαλώ, πες μου την αλήθεια και θα σε βοηθήσω με την αστυνομία. Ξέρεις ότι σε **σέβομαι**, γιατί είμαι πολύ καλός Χριστιανός και πηγαίνω εκκλησία κάθε Κυριακή. Πες μου τι έγινε, τι σου έκανε ο Ιάσονας και **αναγκάστηκες** να τον σκοτώσεις; Ξέρω τι καλός άνθρωπος είσαι, άρα θα πρέπει να είχες έναν καλό λόγο για να τον σκοτώσεις. Θέλω να σε βοηθήσω!»

Ο παπα-Χριστόδουλος γίνεται **έξαλλος**, βγάζει μια δυνατή κραυγή, κι επιτίθεται στον Τακ. Τον χτυπάει με το κοντάρι στο κεφάλι και τον ρίχνει κάτω. Ο Τακ χάνει το μαχαίρι μέσα στη φασαρία, αλλά κλωτσάει δυνατά τον παπά κι αυτός χάνει την ισορροπία του και πέφτει στο πάτωμα. Οι δυο τους παλεύουν για λίγα λεπτά, αλλά ο παπα-Χριστόδουλος καταφέρνει να ξεφύγει και βγαίνει τρέχοντας από την παράγκα προς το μονοπάτι για την *Νταμούχαρη*.

Στο μεταξύ, ο Βασιλιάς κι ο Σταμάτης έχουν φτάσει περίπου εκατό μέτρα πίσω από την παράγκα απ' τη μεριά του μονοπατιού. Μόλις ακούνε τις φωνές και τη φασαρία, αρχίζουν κι αυτοί να τρέχουν προς την παράγκα. Ο ήλιος αρχίζει ν' ανατέλλει κι έτσι μπορούν να δουν τη σιλουέτα του παπα-Χριστόδουλου να τρέχει προς το μέρος τους.

Αμέσως, ο Σταμάτης βγάζει το παπούτσι του και το πετάει με δύναμη προς το μέρος του παπα-Χριστόδουλου. Το παπούτσι βρίσκει τον στόχο του, χτυπάει τον παπά στο **κούτελο**, και τον ρίχνει στο χώμα. Ο παπα-Χριστόδουλος αρχίζει να τα βλέπει όλα διπλά...

«Πάλι το ίδιο κόλπο!» λέει ο Βασιλιάς γελώντας... (Πριν από πολλά χρόνια, ο Σταμάτης είχε σταματήσει δύο **μεθυσμένους** στην παραλία του Αϊ-Γιάννη με την παντόφλα του, όταν οι δύο τύποι προσπάθησαν να **κάνουν καμάκι** στη Ρίνα και τη Μάττυ.)

Μετά το πρώτο σοκ, ο παπα-Χριστόδουλος πετάγεται όρθιος και προσπαθεί να ξεφύγει, αλλά τον πιάνουν τα τεράστια χέρια του Σταμάτη και τον ρίχνουν πάλι στο χώμα. Ο Βασιλιάς πέφτει επάνω του και τον κρατάει ακίνητο με μια λαβή που έμαθε στη χωροφυλακή. Εκείνη την ώρα φτάνει κι ο Τακ και οι τρεις φίλοι δένουν τα χέρια και τα πόδια του παπα-Χριστόδουλου και του βάζουν **ταινία** στο στόμα για να μη φωνάζει.

COMPREHENSION & LEARNING ELEMENTS

SUMMARY (Translate into Greek)

Very early the next morning, Vassilias, Stamatis, Proedros, and Tak go to Agios Athanasios on the boat of Captain Nicholas. Tak talks with Fr. Christodoulos, but he gets away. However, Stamatis and Vassilias then come and they catch him. They tie him up and take him to the boat.

VOCABULARY

- **οπλισμένος/η**   armed
- **καταστρώνω**   to plot, to devise a plan
- **η διέξοδος (οι διέξοδοι)**   escape, outlet
- **η στεριά (οι στεριές)**   solid ground, ashore
- **ο φακός (οι φακοί)**   flash light
- **το κατώφλι (τα κατώφλια)**   threshold
- **σέβομαι**   to respect
- **αναγκάζομαι**   to be forced to
- **έξαλλος/η/ο**   furious, outraged, frantic
- **το κούτελο (τα κούτελα)**   forehead
- **μεθυσμένος/η/ο**   drunken
- **κάνω καμάκι**   to hit on someone (slang)
- **η ταινία (οι ταινίες)**   tape (also, movie)

EXERCISE (Body parts)

In this chapter, we witness a scuffle with the murderer. Can you fill in the correct body parts involved in the phrases below?

1. Ο παπα-Χριστόδουλος κρατάει το κοντάρι στο _____ .

2. Ο Τακ κλωτσάει τον παπα-Χριστόδουλο με το _____ .

3. Το παπούτσι χτυπάει τον παπα-Χριστόδουλο στο _____, πάνω από τα _____ .

4. Αν φας πολλά πιτόγυρα μαζί, τότε μπορεί να σου πονέσει το _____ .

5. Αν ξαπλώσεις μπρούμυτα στην άμμο για πολλή ώρα χωρίς αντιηλιακό, θα καεί η _____ σου από τον ήλιο.

6. Όταν έχεις πονοκέφαλο, πονάει το _____ σου, ενώ όταν έχεις πονόδοντο, πονάει το _____ σου.

EXERCISE (Guess the word)

Can you use the hint to guess the noun based on its definition (with the correct article)?

1. Αυτός που οδηγεί μια βάρκα ή ένα σκάφος (10 γράμματα)

   _ _ _ **Π** _ _ _ _ _ _ _

2. Εδώ μπορείς να φας για μεσημέρι ή βράδυ (7 γράμματα)

   _ _ _ _ _ _ _ **Α**

3. Ένα πέρασμα μέσα στη φύση, σαν δρόμος (8 γράμματα)

   _ _ _ _ _ **Ο** _ _ _ _

4. Το Πήλιο έχει πολλές και πολύ όμορφες (8 γράμματα)

   _ _ _ _ _ _ **Λ** _ _ _

5. Αν φας αυτό το φρούτο, σε δροσίζει (8 γράμματα)

   _ _ _ **Α** _ _ _ _ _ _

ΚΕΦΑΛΑΙΟ 12: Πέμπτη πρωί

Με προσοχή τον κατεβάζουν στην παραλία και τον βάζουν στη βάρκα.

«Μπράβο» λέει με μεγάλη ανακούφιση ο Πρόεδρος, «επιτέλους, τον πιάσαμε! Καπετάνιε, ξεκίνα τη βάρκα για να γυρίσουμε στον Αϊ-Γιάννη».

Ο παπα-Χριστόδουλος είναι σαστισμένος, αλλά προσπαθεί να ελευθερώσει τα χέρια του και να φωνάξει. Ο Σταμάτης τον κοιτάζει με ένα άγριο **βλέμμα**, αλλά του βγάζει την ταινία απ' το στόμα για να μιλήσει.

Ο παπα-Χριστόδουλος αρχίζει να **διαμαρτύρεται**! «Αφήστε με, δεν έκανα τίποτα! Γιατί με πιάσατε; Πού με πάτε;»

«Ξέρεις πολύ καλά, μην **κάνεις την πάπια**!» του λέει ο Πρόεδρος. «Σκότωσες τον Ιάσονα στα βράχια την Κυριακή το πρωί και μετά έφυγες από το χωριό και ήρθες εδώ για να κρυφτείς!»

«Μα, τι πράγματα λέτε, εγώ ήρθα εδώ στον Άγιο Αθανάσιο για κυνήγι».

«Παπα-Χριστόδουλε, άσε τα παραμύθια!» του λέει αγριεμένα ο Βασιλιάς! «Εσύ, για κυνηγός δεν μου φαίνεσαι! Ξέρουμε τι έκανες και ήρθε η ώρα να πληρώσεις! Τώρα, θα μας πεις γιατί σκότωσες τον Ιάσονα; Ή θα αναγκαστούμε να σε κάνουμε να μιλήσεις **με το ζόρι**;»

Ο παπα-Χριστόδουλος κοιτάζει γύρω του και βλέπει τον Σταμάτη να πετάει τα **ποντίκια** του, τον Καπετάνιο να χτυπάει τη **γροθιά** του, τον Τακ να κουνάει μια ρακέτα τένις που βρήκε στη βάρκα και τον Πρόεδρο να τον κοιτάζει με ένα φοβερό **διαπεραστικό** βλέμμα. Τότε καταλαβαίνει ότι η ομάδα δεν αστειεύεται. Αποφασίζει να **ομολογήσει**, γιατί αλλιώς θα φάει το ξύλο της χρονιάς του...

«Εντάξει, είναι αλήθεια! Ο *Παράδεισος* είναι δίπλα στην εκκλησία και κάθε βράδυ πρέπει να ακούω τη μουσική του Σατανά και να βλέπω όλες αυτές τις γυναίκες με τα **ντροπιαστικά** ρούχα τους. Και μετά, **τολμούν** να έρθουν στην εκκλησία τη Δευτέρα το πρωί, όπως αυτή η Κίττυ, για να εξομολογηθούν! Είχα πει στον Ιάσονα και στο αφεντικό του πολλές φορές να σταματήσουν αυτές τις ακολασίες, αλλά αυτοί δεν με άκουγαν... Την Κυριακή το πρωί περίμενα να κλείσει το μαγαζί και πήγα πάλι να μιλήσω στον Ιάσονα. Όπως πάντα, αυτός δεν μου **έδωσε σημασία** κι έτσι τον ακολούθησα κάτω στον δρόμο. Εκεί αρχίσαμε να παλεύουμε και στο τέλος, όταν φτάσαμε μπροστά απ' το *Παλήνη*, τον έσπρωξα κι έπεσε στα βράχια. Δεν ήθελα να τον σκοτώσω, ήταν ατύχημα... Λυπάμαι, αλλά με τόσες **κολασμένες** ψυχές, σεξ, ποτά, και ροκ εντ ρολ, τόσο δίπλα στην εκκλησία, δεν άντεχα άλλο!»

Τι να πει κανείς; Τα ράσα δεν κάνουν τον παπά... Τελικά, είχε δίκιο η Ρίνα που είχε πει στην παρέα για τον παπα-Χριστόδουλο, «Αυτός είναι πολύ μυστήριος τύπος, εμένα δεν μου αρέσει καθόλου».

Ο καπετάν Νικόλας στέλνει μήνυμα στην αστυνομία του Βόλου ότι έπιασαν τον παπα-Χριστόδουλο και ότι ομολόγησε το έγκλημα που έκανε. Με σιγουριά οδηγεί τη βάρκα πίσω στο λιμάνι του Αϊ-Γιάννη, όπου περιμένουν τις **αρχές** να έρθουν να πάρουν τον δολοφόνο παπά.

COMPREHENSION & LEARNING ELEMENTS

SUMMARY (Translate into Greek)

On the boat, Fr. Christodoulos fears for his life. He decides to talk and to say what happened. He says that he wanted to talk to Jason about *Paradisos*, because he didn't like what was going on in that bar, next to the church. They fought and he killed Jason by mistake.

VOCABULARY

- **το βλέμμα (τα βλέμματα)**   look, glance
- **διαμαρτύρομαι**   to complain, to protest
- **κάνω την πάπια**   to play dumb
- **με το ζόρι**   by force
- **το ποντίκι (τα ποντίκια)**   mouse, biceps muscle
- **η γροθιά (οι γροθιές)**   fist
- **διαπεραστικός/ή/ό**   penetrating
- **ομολογώ**   to confess, to admit
- **ντροπιαστικός/ή/ό**   shameful
- **τολμώ**   to dare
- **δίνω σημασία**   to notice, to pay attention to
- **κολασμένος/η/ο**   sinful, damned
- **οι αρχές**   authorities (plural)

EXERCISE (Idiomatic expressions)

Towards the end of this chapter, we encounter the expression «τα ράσα δεν κάνουν το παπά». The literal translation is "the priestly garments don't make one a holy father," meaning that a person's true character and worth cannot be judged solely based on their outward appearance or the clothing they wear (like priestly garments, as in this case). It suggests that one's intrinsic qualities, actions, and personality are more important.

Below, you'll find some other idiomatic expressions that we've encountered in the text so far. Can you give the literal translation of the expression and then, use them in the right place in the following paragraphs?

- Να πάρει ο διάολος _____
- Έχουν δει πολλά τα μάτια μου _____
- Τα μάτια σου δεκατέσσερα _____
- Μας πήραν χαμπάρι _____
- Κάνω καμάκι _____
- Κάνω την πάπια _____
- Τρώω το ξύλο της χρονιάς μου _____

1. Θυμωμένος ο Βασιλιάς λέει στον παπα-Χριστόδουλο με δυνατή φωνή: «_____ (darn it), σταμάτα να _____ (playing innocent), γιατί σε _____ (we figured you out)».

2. Ο Τακ βλέπει έναν μεθυσμένο να _____ (hit on) στη Ρίνα. _____ (He's seen a lot), αλλά αυτό είναι καινούργιο. Τώρα ο τύπος θα _____ (will get beaten badly).

EXERCISE (Etymology)

We have encountered several English words throughout the book that are used directly in Greek. For example, in this chapter we saw the words «σεξ» (sex) and «ροκ εντ ρολ» (rock and roll), while we've also come across the words «μπάσκετ» (the game of basketball) in chapter 1, «μάρκετ» (market) in chapter 7 and "drone" in chapter 9.

You may have noticed, by the way, that we transcribed all these words in Greek except the word "drone." Maybe because it's such a new word that we're not yet used to seeing it written in Greek as «ντρόουν».

This is what languages do — they borrow from each other! In fact, do you know that it is estimated that approximately 30% of English words have Greek roots? If you don't believe that, take a pen and paper, set a timer to one minute, and then write down 10 Greek words! (Think sciences, medicine, politics, and you might be done in 10 seconds…) OK, pen down! Did you make it?

There are hundreds of prefixes and suffixes in English that provide clear evidence that the associated words have Greek origin. We can't list them all here, but think of prefixes such as "**chrom**-" (from the Greek word for "color") as in "chromosome;" or, "**hemi**-" (from the Greek word for "half") as in "hemisphere;" or, the suffix "-**phobia**" (from the Greek word for "fear") as in "agoraphobia," and on and on.

In the exercise below, we'll explain a few pre- and suffixes, and then, we'll have you examine the listed related words – break them into their parts, think of the literal meaning of each part, and then find what the meaning of the complete word is in English. Does the word now make more sense? Does it help you figure out other words?

- **Prefix "astro-"** from the Greek word «αστήρ» meaning "star": astrology, astronaut, astrophysics
- **Prefix "philo-"** from the Greek word «φιλώ» meaning "to love": philanthropy, philharmonic, philosophy
- **Prefix "tele-"** from the Greek word «τηλέ» meaning "from far away": telemetry, telepathy, telephone

- **Suffix "-archy"** from the Greek word «αρχή» meaning (here) "power, authority": anarchy, oligarchy, patriarchy
- **Suffix "-graph"** from the Greek word «γράφω» meaning "to write": biography, choreography, photography
- **Suffix "-scope"** from the Greek word «σκοπώ» meaning "to observe": microscope, periscope, telescope

The next step would be to take some of the non-highlighted parts of the words above and see if you can think of other words that contain them. For example, now that you looked up what the suffix "-naut" means, does a "cosmonaut" make more sense?

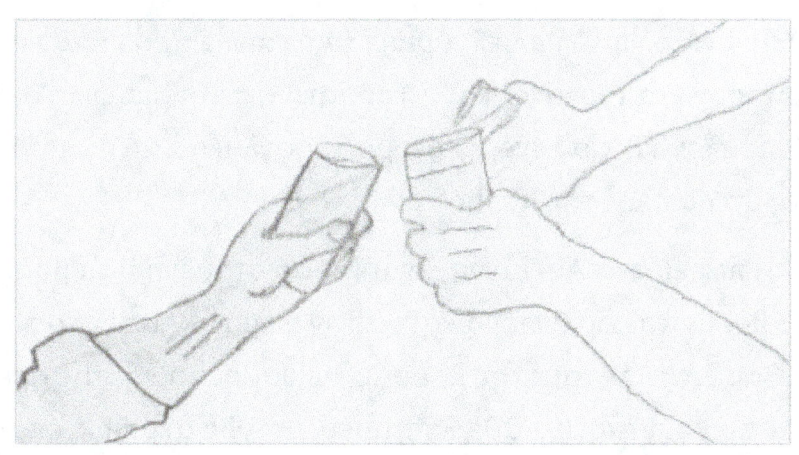

ΕΠΙΛΟΓΟΣ

Αργότερα το ίδιο πρωί, ο κόσμος μαθαίνει τα νέα για τη **σύλληψη** του δολοφόνου του Ιάσονα και η ηρεμία επιστρέφει στο χωριό. Οι **παραθεριστές** δεν έχουν τίποτα να φοβηθούν και μπορούν ν' απολαύσουν πάλι τις ομορφιές του Αϊ-Γιάννη χωρίς άγχος.

Οι φίλοι είναι όλοι στον κήπο του *Αναλένα* και συζητούνε για το τι έγινε. Έχει έρθει και ο Βάγγελος από τη Θεσσαλονίκη κι έφερε και τρία τσουρέκια από το περίφημο ζαχαροπλαστείο *Τερκενλής*. Αν και είναι πάντοτε κεφάτος, έχει στεναχωρηθεί πολύ από την ιστορία με τον Ιάσονα και στρίβει νευρικά ένα τσιγάρο.

Αποφασίζουν να πάνε στην *Πλημμύρα*, όπως κάθε πρωί, για καφέ. Εκείνη την ώρα **εμφανίζεται** κι ο αστυνόμος

Φρυγανιάς που μόλις γύρισε από την Πάρο. Επάνω στη μοτοσικλέτα του είναι και η Τσαπάτσα, άλλη μια φίλη από τη Θεσσαλονίκη, που έχει φέρει μαζί της γλυκά *Χατζηφωτίου*, τα καλύτερα όλης της πόλης!

Η παρέα του Αϊ-Γιάννη είναι ευχαριστημένη που βοήθησε να βρουν τον δολοφόνο και να τον φέρουν πίσω στο χωριό. Ο Βασιλιάς, ο Σταμάτης και ο Τακ είναι οι ήρωες της ημέρας και **διηγούνται** με κάθε λεπτομέρεια πώς ακριβώς έπιασαν τον παπα-Χριστόδουλο. Ο Πρόεδρος είναι πολύ ανακουφισμένος που τελείωσε αυτή η πικρή ιστορία.

Η κουβέντα γυρίζει σιγά σιγά στο μπάσκετ και ο Τζωρτζίνος δίνει μια αναφορά για τον αγώνα ανάμεσα στην Ελλάδα και τη Σερβία για 8χρονους. «Ωραίο ματς» λέει ο Τζωρτζίνος «οι Σέρβοι έχουν μεγάλη ομάδα!»

Δίπλα του, ο Μακ **αναλύει** τα τελευταία νούμερα της ελληνικής οικονομίας με τον Πρόεδρο. Λίγο πιο πέρα, ο Βασιλιάς λέει ένα ανέκδοτο με κάτι καρπούζια.

Σε λίγα λεπτά έρχεται στην *Πλημμύρα* και ο Σωκράτης που έχει μόλις φτάσει από την Αθήνα. «Γειά σου, Σωκράτη, καλώς όρισες!» του λένε όλοι μαζί.

«Γειά σας, φιλαράκια,» λέει ο Σωκράτης «χαίρομαι που σας ξαναβλέπω! Και δείτε τι σας έφερα!»

Ο Σωκράτης αφήνει πάνω στα τραπέζια ένα ταψί γαλακτομπούρεκο από το ζαχαροπλαστείο *Στάνη* στην Αθήνα και διάφορα γλυκά από το ζαχαροπλαστείο *Κυψέλη* στον Βόλο. Μπράβο στον Σωκράτη που σκέφτηκε την παρέα!

«Αδερφέ, εγώ πρώτος!» φωνάζει ο Βασιλιάς κι ορμάει στο γαλακτομπούρεκο! Η παρέα δοκιμάζει όλα τα γλυκά και τότε ο Πρόεδρος **υψώνει** το ποτήρι του και λέει «Για τον Ιάσονα!». Μαζί, όλοι οι φίλοι σηκώνουν τα ποτήρια τους για να **τιμήσουν** τον φίλο τους.

«Αξέχαστος ο Ιάσονας!» λέει ο Τζωρτζίνος. «Όσο για εμάς, **γεροί να 'μαστε, υγεία να 'χουμε!**»

ΤΕΛΟΣ

COMPREHENSION & LEARNING ELEMENTS

SUMMARY (Translate into Greek)

The village is calm, because the friends caught the murderer. The group goes to *Plemmyra* like every morning. Sokrates arrives right then with sweets from Athens and Volos. All together, they remember Iasonas and they raise their glasses to him.

VOCABULARY

- **η σύλληψη (οι συλλήψεις)**   arrest
- **ο παραθεριστής (οι παραθεριστές)**   vacationer
- **εμφανίζομαι**   to appear
- **διηγούμαι**   to tell, to recount, to narrate
- **αναλύω**   to analyze
- **υψώνω**   to raise, to elevate
- **τιμώ**   to honor
- **γεροί να 'μαστε (να είμαστε)**   may we be strong
- **υγεία να 'χουμε (να έχουμε)**   may we be healthy

ENGLISH TRANSLATION

INTRODUCTION

Every July, the small seaside village of Ai Giannis on the enchanting mountain of Pelion is full of life. Visitors from all over the world come here to vacation with their families. They enjoy the blue sea and beautiful beaches, breathe the fresh air of the countryside, and have fun with their friends away from the daily routine.

The village stretches along the beach. A single road for cars separates the beach from the hotels, shops, cafes, and restaurants of the village. Some narrow alleys, above the main road, lead to the houses of the locals.

At the northern end of the village is the small harbor with fishing boats and small boats. Past the port is *Plaka*, one of the most beautiful beaches of Pelion, hidden behind some large rocks.

At the other end of the village, past the last houses, a stream descends from the mountain. Next to the stream is the famous YMCA camp. Children from all over Greece spend unforgettable days here every summer. When they grow up, many old campers come back to Ai Giannis for a few days in the summers and meet up with their old friends.

South of the stream is another beautiful beach, *Papa Nero*. Many people prefer to come here for swimming, because it is easy to reach on foot and because it has cafes and restaurants. So, when you want to rest from the sun, you can eat and drink without having to go back to the village.

Life in Ai Giannis these days is very simple. Some guests wake up early in the morning and go for a swim before the heat sets in, while others get up later and take their breakfast without rushing.

Little by little, the shops in the village open up. First the bakeries with the wonderful breads, cheese pies, and cookies, then the small markets that sell a little bit of everything, then the cafes by the sea. Later, the few small shops open that sell clothes, swimwear, hats, and souvenirs. Alongside them, the restaurants open and start cleaning the tables and chairs and preparing their food.

Around eleven o'clock, the beaches start to fill up with people. You see umbrellas and towels on the sand everywhere. People enjoy the scorching sun and the blue sea that cools them. The YMCA campers go down to *Papa Nero* for the first swim of the day. They will come again in the afternoon for the second swim, for kayaking, and for games on the sand.

In the evening, people prepare to go out to the village restaurants for food. If you want burgers and meats, you can eat at *Afasia*. If you want oven-cooked dishes, you can eat at *Intermezzo*. If you want fish, you can eat at *Epaminondas*. If you want something else, you can go to *Christos Ilias*. The village has something for everyone!

After dinner, you should take a walk up and down the beach and then you can go for mocha ice cream at *Pasteli* or for orange pie at *Gefyros* or for a drink at *Cavo Doro* or, of course, for crepes at *Liva* (which also has a fantastic gyro).

For entertainment in the evening, you will go to *Paradisos*, the only bar in the village. *Paradisos* is in a nice location, right after the church of the Ascension of the Lord. Because it is under a huge plane tree, it is always cool. Its drinks are unique, the music is excellent, and the company is always pleasant.

Who wouldn't want to spend a few days in the summer in this magical village?

CHAPTER 1: Sunday morning

"Are we ready?" asks Georginos in a low voice.

It is six in the morning on a Sunday and in the courtyard of the *Analena* hotel, which is the best hotel in Ai Giannis, it is completely quiet. Anna, Lena, Manos, and Bill have been up since early to prepare breakfast for the guests of their hotel.

In the garden, under the mulberry trees, two tourists, Luc and Astrud, are doing yoga.

"Yes, let's get going, because I want to come back and eat breakfast - breads, butter, jam, eggs, bacon, and some dessert" says Vassilias, who wakes up hungry every day.

"Wait, Proedros isn't here yet..." says Stamatis.

"There he is, I see him!" says Roger, pointing to Proedros who arrives with a towel over his shoulder and wearing his sexy swimsuit.

"Good morning, buddies!" says Proedros, "another beautiful day begins in our small village!"

"Good morning, Proedros," replies Georginos. "So, ready? Let's go!" and the group sets off.

The five friends wake up early every morning to go swimming in the beach of Ai Giannis. The leader of the group is Georginos Svaros, an old well-known basketball teacher who swims every day, winter and summer, either in the pool or in the sea.

Behind Georginos is Kostas Vassilias, a handsome tall man, born in 1948, former athlete and basketball and coach, friend of Mike Krzyzewski and Bobby Knight, and former policeman. Next to him is his good friend Stamatis Sgouros, with a classic bodyguard body and the biggest hands in the world. If someone bothers him, he might beat them up with his strong hands, but he usually uses them to make fantastic meze snacks.

Kostas Gataros, whom everyone calls "Proedros" because he is the Chairman («Πρόεδρος») of the Community of Ai Giannis, walks with Roger Alexiou. The two are old friends from their teenage days at camp. When they grew up, Proedros stayed in Greece and got involved in politics, while Roger left for America and there, he made millions of dollars from the seventeen oil wells he has in Texas.

Like every morning, the friends will walk about 500 meters towards the *Palini* hotel. Until there, the coast is rocky and it is not easy to swim, but in front of *Palini,* the rocks end and the fine, blond sand begins.

The group continues slowly on its way. They do not speak loudly to each other, because the village is still asleep.

"Do you see something down there on the rocks?" Georginos suddenly asks. "What is? It looks like a man lying down."

The friends look towards the rocks and indeed see a man face down on the rocks with his arms outstretched. "He seems to be sleeping," says Proedros, "let's go take a closer look."

Vassilias, who is the most agile, runs down and reaches the man first. He slaps him on the back and says "Pal, what are you doing here? Wake up!" The man doesn't react at all and Vassilias shakes him again. "Pal, are you okay? Come on, get up!"

Again, the man does not react. "Come on, let's turn him around!" Vassilias says to the others as soon as they get there too.

The friends carefully turn the man around and are horrified to find that it is their friend Jason who works at *Paradisos*. He has a blow to the head and is not breathing. He is dead.

All of them are shocked, none of them can speak, but thoughts race through their minds... "How is this possible? What could have happened? How did Jason find himself on the rocks? Was it an accident? Is there anything else?"

As soon as Proedros recovers, he calls the village doctor, Topos Petrouzis.

"Doctor, something terrible has happened," he tells him, "we need you immediately on the beach, on the rocks just before *Palini*, that's where we are!"

The doctor arrives within five minutes and he carefully examines the man.

"He died from the blow to the head, but I don't think that he fell here by himself. This is probably not an accident, I'm afraid we're dealing with a murder! Of course, we have to take him immediately to Volos for an autopsy," says the doctor, "I'll call the ambulance!"

"Murder in our village? I can't believe it!" says Proedros. "Our village is always quiet, there is never any danger. What will we do now, what will our tourists say?"

He immediately calls Kostas Fryganias, the village policeman, but he does not answer. The message says that he is gone on a trip with his wife to Paros. "Damn it, Fryganias is gone on a trip again!" Proedros will have to solve the mystery himself!

Before leaving, the doctor approaches Vassilias and asks how his diet is going. "All is good, doctor," replies Vassilias, "I strictly follow your instructions. And of course, yes to European flying squid, no to calamari!"

In the meantime, the rest of the group's friends also begin to arrive at the rocks. There is Mak and Tak, inseparable since childhood, along with their wives, Matty and Rina. There is Dionysia (also called "Queen") and Nellie, and of course, there is also Kitty Pavlidou, the beloved friend of the whole group and the most famous diva of Athens. They are all silent and cannot hide their agitation!

Vassilias goes to Proedros and says:

"Proedros, I promise you we will find the one who did this! The murderer will not escape, we will catch him!"

Chapter 2: Sunday afternoon

The news travels through the small village like lightning. Jason was well known to everyone and his death is a great tragedy for the small village. Slowly, everyone gathers outside Proedros's office to find out the latest news.

Proedros explains to the villagers that he still doesn't know anything. "The investigation is now starting, but we may have a killer in our midst," he tells them. "Please, if you know anything about the case, tell us immediately."

In the afternoon, Proedros has a meeting in his office with Vassilias and the rest of the group. Where to start?

"Well, Proedros, we have to think about how Jason got to the rocks," says Georginos. "I saw him around 3 in the morning in *Paradisos*. He was there with his friends having drinks. He was in good spirits; I didn't see anything strange."

"Do we know what time he left the bar?" asks Proedros.

"Jason is always the last to leave the bar, after locking it around 4 or 5 in the morning."

At that moment, there is a knock on the door and Annaka Stavropoulou, an old well-known Hollywood star, enters.

Annaka has acted in many films with Meryl Streep and now lives permanently in Ai Giannis, behind the *Faro* hotel.

"Proedros, I have something to tell you. This morning, I woke up very early, around 5, and went out to my balcony. Suddenly, I see someone running very fast in the small alley in front of my house. I couldn't see who it was, but it was definitely a man. It was very unusual, I immediately thought it was strange."

"This is very interesting, Mrs. Stavropoulou," says Proedros. "Do you remember anything else? Can you maybe describe him? Do you remember what he was wearing?"

"Proedros, I'm sorry, it happened too quickly and I don't have any other information."

"Okay, Mrs. Stavropoulou, if you remember anything else, please let me know! Thank you very much!"

As soon as Ms. Stavropoulou leaves, Proedros ponders:

"We said that Jason leaves the bar around 5 in the morning and now, Ms. Stavropoulou told us that she saw something very strange around the same time. Could it be a coincidence?"

Then, Roger remembers that Ai Giannis has a web cam outside the *Afesis* hotel facing the beach.

"Proedros, we need to look at what the *Afesis* camera captured," says Roger. "Turn on your computer and go to the hotel website."

Proedros is not very comfortable with computers and so, he calls in his office IT expert, Nikitas Koftis. "Help us, Nikitas, please, we have to see what happened last night!"

Koftis turns on the office computer and goes to the camera website. The friends gather around him anxiously and look at the video from the night before. Indeed, at 4:41:18 in the morning, two figures suddenly appear on the screen!

"There, it's Jason!" Georginos shouts. "But who is the other one? And what are they doing? Are they fighting?"

As the video rolls, it is clear that Jason is wrestling with another man. The other man looks tall and thin and is stronger than Jason. Unfortunately, he has his back to the camera, but he appears to have short brown hair and a beard. He is wearing a gray shirt and long pants and is holding something like a cane in his hand. With this cane, he is hitting poor Jason who is trying to escape and run away.

The two men disappear from the video at 4:41:30. The friends look at each other in bewilderment. They probably just saw Jason's killer.

Koftis plays the video over and over and over. Who is the second man? Here lies the key to the mystery, but unfortunately, they cannot solve it. The video is blurry, only 12 seconds long, and the unidentified man never turns his face to the camera. The friends are desperate! So close and yet so far...

"Guys, leave me now, I have to write my report," says Proedros and the friends leave.

Chapter 3: Sunday night

"Where are we going to eat today?" asks Vassilias with some hesitation. It has been a whole day and he is very hungry.

"Forget about dinner, Vassilias," says Dionysia, "we have no appetite today."

"Come on, guys, at least let's stop at Livas for some pita gyro!"

"Well, alright," says Dionysia, "who can say no to the pita gyro of Livas?"

The group proceeds along the beach road of Ai Giannis and soon arrives at the famous shop. They each order one "with everything" and sit at the tables to eat. The cook sharpens his long knife and very carefully begins to cut pieces of the gyro that is being cooked on the rotating spit and he serves them on a plate.

The waiter takes the pieces of meat and spreads them on the oily pita breads. Then, he adds tzatziki (the national Greek spread), French fries, tomatoes, onion, and some lettuce, wraps them in a paper and he brings them out. This is not the best idea for dieters, but there is no greater food pleasure! The company eats the pita gyro greedily...

Before leaving, everyone gets a *DoPa*, the fantastic ice cream of the Italian specialist Domenico Pazzaca who now lives and works in Thessaloniki. His ice cream has conquered all of Greece, so you can find it in all the refrigerators of Ai Giannis.

After the quick dinner and the ice cream, with their heads bowed, the friends head back to *Analena* where the rest of the group is waiting for them. Georginos tells everyone what they found out in Proedros's office. He tells them that they should all help find the mysterious man from the *Afesis* video.

The friends are saddened, Jason was a very good friend to everyone...

"I will always remember him," says Matty with tears in her eyes. "He knew how to make the best drinks and played the best music!"

"He was a nice man, always friendly, and very pleasant," adds Rina.

"Still, don't worry," says Dionysia bluntly. "Vassilias will surely catch the murderer! Don't forget that when his jacket was stolen a few years ago, he found it within two days!"

"The murderer must be hoping Vassilias catches him first," Rina snaps, "because if Stamatis catches him first, he'll tear him to pieces with his bare hands!"

Nellie agrees... "Very true, and then some!"

Kitty sits inconsolably in the chair. She is teary-eyed and can't say anything. She has spent so many fantastic evenings (and mornings) at *Paradisos* that Jason was like a brother to her...

Chapter 4: Monday morning

The next day in the morning, the friends are gathered at *Analena* and are eating breakfast. Today, apart from the usual things, the menu has some very tasty yogurts sent by the friend of the group, Charidelis, on a special mission from Volos. It also has an amazing cake made by Harideli's wife Vasso, who is known everywhere for her excellent cooking.

Naturally, the only topic of discussion is the crime that has upset the entire village.

Around ten o'clock, Proedros comes to the hotel. "Let's go for a coffee at *Plemmyra* to chat a little!" he tells the group and they all set out together.

Once they arrive at *Plemmyra*, they order their usual drinks. Georginos gets an EPSA orange, Proedros and Stamatis a freddo espresso black, Vassilias a cappuccino, and the rest a medium frappé with milk.

"Unfortunately, we haven't learned anything new," says Proedros. "No one has seen or heard anything useful and we don't know what to do."

The small tables in *Plemmyra* are next to the sea and the view is very beautiful. However, from where the group is sitting, the rocks where they found Jason can be seen. No one is in the mood to talk about basketball, like they do every day, or listen to Vassilias's very funny jokes. It's a strange day...

At some point Proedros's cell phone rings and he answers it.

"Come, good morning, Tatiana, what are you doing?"

"Yeah, yeah... Aha... Come on, really? Do not tell me! Very interesting."

The group listens to Proedros who seems very focused on what he is hearing on the phone. Tatiana, together with her husband Nireas, is the owner of a complex of rooms on the slope above *Papa Nero*. Tatiana's lovely rooms are on the road to *Damouhari*, another famous beach of Pelion. Even further, the paths can take you to other mountain villages and beaches, but you have to know the area very well so that you don't get lost.

"Yes, of course, thank you, Tatiana! Yes... Hmmm... You think so? You might be right... No, maybe, yes... Definitely... Yes... Okay, thanks!"

"What happened;" Georginos asks as soon as Proedros hangs up. "What did Tatiana say? Don't keep us in suspense!"

"Well, we have a new lead in the case! Tatiana said she went to her storage room this morning and saw that the lock was broken! As soon as she opened the door, she realized that someone had entered and that various things were missing. Whoever went in took some canned goods, some sodas, and some old clothes. She also saw a broken broom without its handle."

"Strange things!" says Vassilias. "Alas, what is happening in our village?"

Chapter 5: Monday afternoon

That same afternoon, above the beach of *Damouhari*, at the famous *Kaggiolia*, the children of the YMCA camp are returning from a long hike.

They took off from Ai Giannis three days ago. On the first day, they climbed the mountain to Chania and Portaria. On the second day, they passed through Drakia, Agios Lavrentios,

Ai Giorgis, and made it to Milies. On the third, day they went to Tsagarada and from there, took the path to *Damouhari*.

The *Kaggiolia* are the last big obstacle for the kids who are very tired after the hike they call the "big safari." The view from up there is amazing, but the path is steep and they have to be very careful not to fall. Their leader, Giorgos Kotsidas, an experienced hiker and excellent educator, watches the children closely and is ready to help if needed. With him is the former Chairman of YMCA Thessaloniki, Athanasia Eleniadis, who never misses an opportunity to go hiking!

Suddenly, a scream is heard! "Mr. Kotsidas, Mr. Kotsidas, come quickly! Look what I found here!"

Kotsidas immediately runs up and sees that one of the children is pointing to a torn T-shirt. The T-shirt has some red and black marks and Kotsidas, who has read all the Agatha Christie books, immediately understands what it is - blood! Looking around, Kotsidas sees broken branches and realizes that someone must have passed through this spot.

"Don't touch the shirt!" says Athanasia who is an experienced lawyer. "Bring a bag to put it in. We don't know what it is, but we will take it to the police in Ai Giannis to investigate."

Kotsidas knows he has to get his kids to camp safely, but the blood on the t-shirt is on his mind. "What happened here?"" he wonders. "It looks very serious!"

As soon as he arrives in Ai Giannis, he calls police officer Fryganias, but cannot find him, since he is still gone on a trip with his wife to Paros. Then, Kotsidas calls Proedros and tells him what he found at *Kaggiolia*. Not to waste time, Athanasia takes the T-shirt and takes it to Proedros. Someone needs to look into this immediately!

Chapter 6: Tuesday morning

On Tuesday morning, Kitty Pavlidou leaves *Analena* early to go to the church of the Ascension. Every week, after the craziness of the weekend, Kitty feels the need to confess her sins to Fr. Christodoulos, the parish priest.

Fr. Christodoulos is a loner from Thessaloniki who was away for many years in Norway where he was the priest of the Greek community and a swim teacher. A few months ago, he decided to return to Greece and chose to come to Ai Giannis, because he was also an old camper at YMCA.

On Monday morning, Kitty went to church, but the priest was not there. Today, as she opens the church door, Kitty again sees no one.

"Father, where are you?" Kitty calls out, but gets no answer, Fr. Christodoulos is not there.

Kitty is upset. She thinks about everything she did over the weekend and can't imagine not confessing this week... She turns to *Analena* angry and immediately goes to her friends to complain.

Rina, Matty, Dionysia, and Nellie listen to her attentively, but burst out laughing. "My oh my, dear Kitty," says Nellie, "what did you do again this weekend that you absolutely must confess for?"

"Ah, I can't tell you," says Kitty, "but I must certainly meet with Fr. Christodoulos!"

"He's a very strange guy," says Rina. "I don't like him at all! Maybe it's better not to tell him your personal matters?"

Just then, the men come and sit with the women in the beautiful garden of the hotel. Proedros tells the group the latest news that he heard from Kotsidas. Everyone listens carefully and suspects that it has something to do with Jason's murder. Mak, who is the most serious of the group, takes the floor.

"Well, Proedros, let's put the things in order, to see what we know... We have the video from *Afesis* that shows us that Jason and an unknown man had a fight on the promenade on Sunday morning. We have the testimony of Mrs. Stavropoulou who saw a man running in front of her house near *Faro* around the same time. A little later that morning, we found Jason on the rocks in front of *Palini*. We have the testimony of Tatiana from *Papa Nero* that, also on Sunday, someone entered her shed and stole some things. We have the story of Kotsidas on Monday night with the bloody T-shirt at *Kaggiolia*. What does all this tell us?"

Tak, who has traveled all over the world and has seen a lot in his time, jumps up and says:

"My friends, I think it is obvious. The unknown man who fought with Jason is the murderer. After killing Jason, he left the village and went towards *Damouhari*. I think we should look for him there."

"Yes, but who is the murderer?" asks Rina with despair.

Proedros, a wise man, thinks for a short while and then asks his friends, "Maybe it's time we asked for Miguel's help?"

Chapter 7: Tuesday midday

Miguel Haivaz is an eccentric resident of Ai Giannis who lives in a dilapidated house in the most remote part of *Plaka*, above some huge wild rocks. The only way to get there is by a very dangerous path or else, you have to come from the sea and climb the rocks.

He spends his days with his partner, Madonna, and their white dog Opera, and he spends endless hours every day over a laptop. No one knows what he does, but rumor has it that he is a secret agent for some foreign power. Every now and then, he takes his paddleboard and goes down to the village by sea, he buys a few things from the supermarket without talking to anyone, and then immediately returns to the house on the rocks.

"And who's going to go talk to Miguel?" asks Rina. "I mean, you know that this man is a bit scary..."

"I'll go," Matty answers without delay! "I know the path to his house and Miguel doesn't scare me."

"Are you sure;" Mak asks. "You will play put your life in danger and you know that if something were to happen to you, I will not be able to live without you!"

"Don't worry, my love, I'll be extra careful."

"Take with you the video from *Afesis* and Kotsida's T-shirt," says Proedros. "Miguel will surely find something!"

Matty takes the video and the T-shirt and departs from *Analena* towards Miguel's house. She crosses the village in a hurry and reaches the port. Now, she has to overcome the first obstacle — during the winter, there was a landslide and the old passage to *Plaka* no longer exists. With great care and balance at every step, Matty climbs the fallen rocks and manages to reach the beautiful beach.

She walks on the hot sand for about ten minutes and, just before the hotel *Adam*, she turns up towards the mountain and begins to climb the path that will bring her to the far edge of the beach. The uphill is long and the hike very tiring in the heat, but Matty is well trained and has no problem. After another half hour of hiking, she reaches a hill and sees Miguel's house below her. Finally, now only downhill!

She reaches the door of the house and pauses. She has to prepare herself, because she doesn't know how Miguel will receive her. Timidly, she knocks on the door. No answer... She knocks again, but again, no answer! Matty decides to go around the front and look inside the house to see if anyone is there. Without making a sound, she reaches the front door and is ready to look inside. Before she can do that, the door is flung open and Miguel rushes out with a gun in his hand!

"Miguel, it's Matty, don't shoot please! Sorry to come unannounced, but we have a big problem and we need your help!"

Miguel, silent, looks around to see if Matty is alone.

"Miguel, my apologies again, Proedros sent me because the village needs you. Can I show you a few things?" Miguel quiets down and motions for Matty to follow him into the house. They sit in the small living room and Matty begins to tell him about Jason's murder and the two key pieces of evidence that have been found – the *Afesis* video and the bloody T-shirt from *Kaggiolia*.

As soon as Matty finishes, Miguel gets up and motions for her to join him. They go to the kitchen and there, Miguel presses a button on the toaster. Out of nowhere, a wall opens up and a staircase leading down to the basement appears. Miguel goes down the stairs and Matty follows him.

Chapter 8: Tuesday afternoon

As soon as they reach the base of the stairs, Matty is speechless! The basement is full of computers, monitors, printers, while various lights go on and off and strange sounds are heard everywhere. But the most impressive thing is a huge screen hanging on the wall. It is divided into eight smaller screens and each one shows in incredible detail some part of the area!

Matty can't believe what she is seeing in front of her! How is it possible that this dilapidated little house at the farthest edge of the village is a state-of-the-art electronic espionage center? Matty imagines that above Ai Giannis there must be satellites talking to Miguel's systems!

Miguel shows her a chair, Matty sits down, and Miguel begins to process the evidence.

First, he loads the video from *Afesis* onto a computer. In another computer, he enters the data from the places where the killer probably passed - *Afesis*, *Palini*, *Faro*, *Papa Nero*, and *Kaggiolia*. At the same time, he puts the bloody T-shirt into a special spectral analyzer.

The computers are all buzzing, lights are flashing incessantly, and the screens focus on various maps... Miguel goes from system to system and punches keys, presses buttons, edits images, all without saying a word.

After two hours of suspense, a mysterious man appears on one of the screens. Although he's dressed casually, Matty recognizes him — he's Lt. Commander Soter of the Greek Secret Service who lives between Greece, London, and Taiwan (he too is a former YMCA camper). The Commander is speaking in Chinese, but Miguel listens carefully and seems to understand exactly what he is saying.

The Commander disappears from the screen and Miguel gets up from his chair and goes to a printer where a page with a picture of a man is slowly being printed.

"Him!" says Miguel and shows Matty a photo of Fr. Christodoulos!

Then, Miguel goes to another printer and gets another page.

"Here!" Miguel continues and, on the page, he shows a map of the area with a large circle at a point south of *Damouhari*!

Matty is confused! Before she can process what he said to her, she thinks that Miguel never speaks out loud, but she just heard his voice twice! This is a miracle!

And then, she concentrates on Miguel's analysis. Fr. Christodoulos? But why? She finds it very strange, but she is sure that Miguel is never wrong! She must return right back and deliver the analysis to Proedros!

Chapter 9: Wednesday morning

On Wednesday morning, Roger wakes up very early, before the sun rises. He has booked a morning kayaking trip from *Damouhari* beach and needs to be there before seven. He opens the balcony door and sees that it will be a very nice day. There are no clouds in the sky and there is no wind, just what you need for kayaking!

Roger puts on his bathing suit and over it, he wars short pants and a comfortable T-shirt. He puts sunglasses, sunscreen, and a hat in his bag and takes his camera with him, and, of course, his drone, because he knows they are going to some very beautiful places.

He comes down from his room and goes to the beach. The sea is without a single ripple. The sun begins to rise over the horizon and cast orange and golden yellow hues onto the blue water, making for a magical sight. In the background, in front of the rising sun, a fishing boat moves slowly, the first sign that the village is waking up.

Roger takes his car and goes up the mountain on the way to *Damouhari*. He gets there around a quarter to seven and parks in the small parking lot above the village. Everything is peaceful. He carefully descends the cobblestone path to the beach and there, he finds the tour guide, Irini Schoen, a Greek-German nature lover who spends her summers on Pelion leading hikes and other explorations for tourists.

In the little port of *Damouhari*, the scenery is beautiful, with the morning sun illuminating the picturesque beach. Five more people are waiting there, ready for the excursion. Irini picks out the kayaks for everyone, gives them life jackets and paddles, and then explains where they'll be going on the excursion and what they're going to see.

After a while, the group starts and exits the port. The sea is completely still and the kayak sails very easily. The only sounds are of the oars hitting the water and the birds flying above the shore.

The group heads south and, after the first big turn, they see the beach of *Damouhari* in the distance. Now, from the sea, the rocks under the *Kaggiolia* seem even more impressive. A little later, the group passes through some natural caves in the rocks and admires the formations. Along the way, Irini gives information and tells stories about the area, but always makes sure that no one is left behind.

The next stop of the excursion is the beach of *Fakistra*, which is one of the most famous in Pelion. The kayakers go ashore to rest and take a first dip in the sea. However, Irini has a surprise! In her kayak, she has a waterproof bag with coffee and a special treat for everyone. She has prepared "dako" – toast with oil, tomato, onion, feta, and basil, a specialty from Crete that everyone likes.

The group drinks the coffee, eats the snack, takes a dip in the beautiful waters of *Fakistra* and then prepares to return to *Damouhari*. Fifteen minutes later, the kayaks reach a small, beautiful bay, Agios Athanasios. What a nice trip this is today!

Irini explains to the group that there is something unique in this bay – a spring of fresh water in the sea! The excursionists tie their kayaks to the rocks and swim to the small beach. Irini shows them the spring, it is a small hole at the bottom of the sea from which frozen water comes out with force. The water is so cold, because it starts from high up on Pelion and it traverses the entire mountainside before reaching the sea.

The kayakers dive around the spring in the beautiful waters. One by one, they put their hand right in front of the hole in the bottom and feel the icy water coming out of the spring. Someone fills a glass with the spring water, takes it out of the sea, tastes it, and indeed it is sweet -- it has no salt at all! How is this possible? Another secret of Pelion!

The excursionists come out of the sea to rest and enjoy the morning sun. Suddenly, as they are preparing their things for the continuation of the excursion, Irini sees someone in the trees above the beach. It is a man standing behind the branches and leaves, looking down on them from up high. That is strange, what could this man be doing there? And why is he hiding?

Roger has an idea! He takes his drone out of his backpack and makes it take off from the rocks around the small bay. As the drone rises, Roger sees that, right above the beach, among the trees, there is a small shack with a view of the sea. The mysterious man runs and quickly enters the shack.

This is all a bit weird, but Roger now has a video and pictures. Once he gets back to Ai Giannis, he'll look at them to see if it's anything important.

The kayakers pack their things, load them into the kayaks, and leave Agios Athanasios. Slowly, they return to *Damouhari* and Roger gets into his car to go back to Ai Giannis. He arrives at *Analena* around three in the afternoon, feeling very tired from the excursion, and so he gets into his bed for an afternoon nap.

Chapter 10: Wednesday evening

After a few hours, Roger wakes up and immediately turns on his computer. He connects the memory card from the drone and starts looking carefully at the photos and video from Agios Athanasios. He immediately realizes that the man they saw is Fr. Christodoulos whom the whole village is looking for! He has a clear picture of when Fr. Christodoulos looked up into the sky to see the drone. Also, the video shows exactly where the shack is where he is hiding.

Wasting no time, Roger calls Proedros. "Proedros, I know where Fr. Christodoulos is! I saw him this morning in Agios Athanasios!" "Well done, Roger," says Proedros, "I'll be right over so we can make plans to go grab him!"

The rest of the group is gathered under the trees in the garden of *Analena*. Roger quickly gets dressed and goes downstairs to show them the pictures and the video!

Everyone is relieved that Fr. Christodoulos has been found but they are also worried because they know that it might be difficult to catch him. They decide to go to *Afasia* for food, that's where they will make their plans!

At *Afasia*, the group sits down at a large table. Of all the men, there are Vassilias, Stamatis, Georginos, Roger,

Proedros, Tak, and Mak. Of all the women, there are Kitty, Dionysia, Nellie, Rina, and Matty. With them, there are two more friends who have just arrived from Thessaloniki. It's Artemis with her husband, Gary.

Right away, the waiters come and set the table. They leave cutlery, jugs of water, and baskets of bread. The owner, Tolis, arrives shortly.

Mak decides to order for the table because he knows what everyone likes. "Well, Tolis, bring us four burgers, three meatballs, three beef stews in tomato sauce, two fried cheese dishes, three fried zucchini, two plates of cabbage rolls, three Greek salads, two greens, one tzatziki spread, and lots of fries."

"What will the group drink?" asks Tolis. "White wine, for sure," says Mak, "but bring us some Mythos beers too. And, of course, you will also bring us tsipouro *Apostolaki* with anise!"

"Tolis, since I'm really hungry today, put in a couple of pork chops and fries," says Gary. "And a coke," says Artemis who can't eat anything without this soft drink.

"Tolis," shouts Stamatis, "I also want four hot peppers, two portions of feta cheese, some oregano, some garlic, and some oil. I'll make my specialty!"

After a while, Tolis returns with the things that Stamatis asked for. Stamatis takes the peppers, trims their stems, and then cuts them into small slices. Then, he takes a fork and starts mixing them with the cheese. He adds the garlic and the oregano, and every now and then, he adds a little oil to the mix. He continues to mix until everything becomes one.

Stamatis is very focused, it's like watching an artist working on a piece of art! After a while, he tries a bite. Stamatis is happy with the result, the spicy feta cheese spread is ready! Now, it's time for the bread and the tsipouro to arrive!

As always, dinner lasts for many hours. Of course, the only topic of discussion is Fr. Christodoulos!

"We must go as quickly as possible to Agios Athanasios, because Fr. Christodoulos may leave from there," says Proedros.

"And how are we going to get there without him figuring us out?" asks Stamatis.

Rina has an idea! "Why don't we ask Captain Nikolas to take you in his boat to Agios Athanasios?" Captain Nikolas is a former cruise ship captain who now lives permanently on Pelion and he knows the place very well. His boat is very sturdy and has a powerful but quiet engine.

Proedros calls him and Captain Nikolas immediately agrees to help. They decide to meet in the morning, before sunrise, in the port of Ai Giannis.

"Okay, now let's decide who will come with me!" says Vassilias. "Stamatis will come, of course, because he is the strongest of the group. But I also want Tak, because he has closed many deals in his life and is good at small talk. Proedros, you should come, but you will wait for us in the boat with the captain."

Tolis brings watermelon for everyone and the group asks for the bill. The fare is 17 euros per person, whatever you eat, however much you eat, every time you eat at *Afasia*...

The friends return to *Analena*. There, at the door of the hotel, like every evening, Manos is sitting and reading a book. This week, he is reading "War and Peace and War and Peace" and now, he is on page 794. As he sees the company coming, he asks them not to shout, because the rest of the guests are asleep.

Chapter 11: Thursday dawn

The next morning, at 5:30, Proedros, Vassilias, Stamatis, and Tak meet in the port of Ai Giannis. Captain Nikolas is waiting for them with the boat ready. He has brought with him clubs, ropes, and knives so they are armed.

The boat starts and Captain Nikolas steers with care and concentration. Vassilias is worried, he goes over in his mind the plan that he hatched to catch Fr. Christodoulos. First, Tak will come up from the beach and go to the shack where the priest is hiding to try to talk to him. At the same time, Vassilias and Stamatis will come up from behind to block the way for Fr. Christodoulos, if he tries to escape from Tak. The only other way out is towards the beach, where the Captain and Proedros will be waiting. "The plan is perfect," Vassilias thinks and he calms down.

The boat approaches Agios Athanasios and Captain Nikolas cuts the engine. He lets the boat approach the rocks and ties it very carefully. Vassilias, Stamatis, and Tak put black face paint, wear black swimsuits and T-shirts, they get off the boat and enter the water quietly. Like Navy Seals, they carry the ropes, clubs, and knives above their heads as they approach the shore.

Tak emerges from the water directly below the shack and begins to climb the slope, knife in hand. Vassilias and Stamatis swim about a hundred meters further up and come ashore behind a large rock. Carefully, they begin to climb the slope from the side that is not visible from the shack.

Tak reaches the clearing above the beach within 15 minutes. After taking a breath, he proceeds towards the shack of Fr. Christodoulos. It's still dark and Tak makes no noise. He reaches the door of the shack and carefully steps inside, knife in hand. Unfortunately, the priest heard him approaching and he's waiting for him! In one hand, he holds the handle he had stolen from Tatiana's broom and in the other, a flashlight.

As soon as Tak crosses the threshold, Fr. Christodoulos turns on the flashlight and blinds him.

"Who are you and what are you doing here?" he yells at him and jumps towards Tak. Tak can't see him, but he moves the knife towards the flashlight and scares Fr. Christodoulos!

"Father, there is no need for blood to be shed!" Tak tells him. "I came to talk about Jason. We found him dead on the rocks in front of *Palini* three days ago and we know you have something to do with his death. Let's talk calmly…"

"Get out of here now!" Fr. Christodoulos shouts. "I don't know any Jason and I have nothing to do with what you are telling me! Leave me alone or I'll hit you…"

"Father, please tell me the truth and I will help you with the police. You know I respect you, because I am a very good Christian and I go to church every Sunday. Tell me what happened, what did Jason do to you and you had to kill him? I know what a good person you are, so you must have had a good reason to kill him. I want to help you!"

Fr. Christodoulos becomes enraged, lets out a loud scream, and attacks Tak. He hits him on the head with the broom handle and knocks him down. Tak loses the knife in the commotion, but kicks the priest hard and he loses his balance and falls to the ground. The two of them wrestle for a few minutes, but Fr. Christodoulos manages to escape and runs out of the shack towards the path to *Damouhari*.

In the meantime, Vassilias and Stamatis have arrived about a hundred meters behind the shack from the side of the path. As soon as they hear the voices and commotion, they too start running towards the shack. The sun begins to rise, so they can see the silhouette of Fr. Christodoulos running towards them.

Immediately, Stamatis takes off his shoe and throws it with force towards Fr. Christodoulos. The shoe finds its target, hits the priest in the forehead and knocks him to the ground. Fr. Christodoulos begins to see everything double...

"Same trick again!" Vassilias says, laughing... (Several years ago, Stamatis had stopped two drunks on the beach of Ai Giannis with his flip flop, when the two guys tried to hit on Rina and Matty.)

After the first shock, Fr. Christodoulos jumps to his feet and tries to escape, but he is caught by the huge hands of Stamatis and thrown back to the ground. Vassilias falls on him and holds him still with a grip he learned in the gendarmerie. At that time, Tak arrives and the three friends tie the hands and feet of Fr. Christodoulos and put tape over his mouth so he doesn't yell.

Chapter 12: Thursday morning

They carefully take him down to the beach and put him inside the boat.

"Well done," says Proedros with great relief, "we finally caught him! Captain, start the boat so we can go back to Ai Giannis."

Fr. Christodoulos is bewildered, but tries to free his hands and to shout. Stamatis looks at him with a wild look, but takes the tape out of his mouth so he can speak.

Fr. Christodoulos begins to protest! "Leave me alone, I didn't do anything! Why did you catch me? Where are you taking me?"

"You know very well, don't play dumb!" Proedros tells him. "You killed Jason on the rocks on Sunday morning and then you left the village and came here to hide!"

"What are you talking about, I came here to Agios Athanasios to hunt."

"Fr. Christodoulos, cut the nonsense!" Vassilias says fiercely to him! "You don't look like a hunter to me! We know what you did and it's time to pay! Now, will you tell us why you killed Jason? Or will we have to force you to speak?"

Fr. Christodoulos looks around and sees Stamatis flexing his muscles, the captain pumping his fist, Tak swinging a tennis racket that he found on the boat, and Proedros looking at him with a terrifying piercing gaze. He realizes that the group isn't kidding. He decides to confess, because otherwise he will get beaten up really bad...

"Okay, it's true! *Paradisos* is next to the church and every night, I have to listen to Satan's music and see all these women in their shameful clothes. And then, they dare come to the church on Monday morning, like this Kitty, in order to confess! I had told Jason and his boss many times to stop this debauchery, but they wouldn't listen to me... On Sunday morning, I waited for the bar to close and went to talk to Jason again. As always, he ignored me and so, I followed him down to the street. There, we started to fight and, in the end, when we got in front of *Palini*, I pushed him and he fell on the rocks. I didn't want to kill him, it was an accident... I'm sorry, but with so many sinful souls, sex, drinks, and rock and roll, so close to the church, I couldn't take it anymore!"

What can anyone say? Clothes don't make the man... In the end, Rina was right when she had told the group about Fr. Christodoulos, "He's a very strange guy, I don't like him at all."

Captain Nikolas sends a message to the police in Volos that they caught Fr. Christodoulos and that he confessed to the crime that he committed. He confidently steers the boat back to the port of Ai Giannis, where they wait for the authorities to come and take away the killer priest.

EPILOGUE

Later that same morning, the villagers hear the news of the arrest of Jason's murderer and calm returns to the village. Vacationers have nothing to fear and can again enjoy the beauties of Ai Giannis without stress.

The friends are all in the garden of *Analena* and are discussing what happened. Vangelos has also arrived from Thessaloniki and he brought three challah brioches from the famous *Terkenlis* pastry shop. Although he is always in a good mood, he has been very upset by the whole story with Jason and he nervously rolls a cigarette.

They decide to go to *Pleemyrra*, like every morning, for coffee. Just then, police officer Fryganias appears as well, having just returned from Paros. Another friend from Thessaloniki, Tsapatsa, is on his motorcycle, and she has brought with her *Hatzifotiou* sweets, the best in the whole city!

The group of friends in Ai Giannis is pleased to have helped to find the murderer and bring him back to the village. Vassilias, Stamatis, and Tak are the heroes of the day and recount in every detail how exactly they caught Fr. Christodoulos. Proedros is very relieved that this bitter story is over.

The conversation slowly turns to basketball and Georginos gives a report on the match between Greece and Serbia for 8-year-olds. "Nice match," says Georginos "the Serbs have a great team!"

Next to him, Mak is analyzing the latest numbers of the Greek economy with Proedros. A little further away, Vassilias is telling a joke about some watermelons.

A few minutes later, Socrates, who has just arrived from Athens, comes to *Plemmyra*. "Hello, Socrates, welcome!" they all say to him together.

"Hello, buddies," says Socrates, "I'm glad to see you again! And look what I brought you!"

Socrates leaves on the tables a pan of galaktoboureko custard pie from the patisserie *Stani* in Athens and various sweets from the patisserie *Kypseli* in Volos. Well done to Sokratis for thinking of the friends!

"Brother, me first!" shouts Vassilias and throws himself at the custard pie! The group tries all the sweets and then Proedros raises his glass and says: "For Jason!" Together, all the friends raise their glasses to honor their friend.

"We'll never forget Jason!" Georginos says. "As for us, may we be strong, may we be healthy!"

THE END

VOCABULARY LIST

A

η αγωνία	agony, suspense (singular)
η αλοιφή (οι αλοιφές)	spread (cuis.), creme (med.)
η αμαρτία (οι αμαρτίες)	sin
αναγκάζομαι	to be forced to
ανακατεύω	to mix, to combine
ανακουφισμένος/η	relieved
αναλύω	to analyze
το αναψυκτικό (τα αναψυκτικά)	refreshment
το ανέκδοτο (τα ανέκδοτα)	joke
το αντιηλιακό (τα αντιηλιακά)	sunscreen
αξέχαστος/η/ο	unforgettable
απαρηγόρητος/η	inconsolable
απελπισμένος/η/ο	desperate, despairing
απολαμβάνω	to enjoy
απότομος/η	steep
η απόχρωση (οι αποχρώσεις)	hue
οι αρχές	authorities (plural)
το ασθενοφόρο (τα ασθενοφόρα)	ambulance

ο αστυνόμος (οι αστυνόμοι)	policeman
ασυνήθιστος/η/ο	unusual
άφωνος/η	voiceless, speechless

Β

βιάζομαι	to be in a hurry
το βλέμμα (τα βλέμματα)	look, glance
βουίζω	to buzz
βουρκωμένος/η	teary-eyed, tearful

Γ

γεροί να 'μαστε	may we be strong
γευστικός/ή	tasty
ο γλυκάνισος (οι γλυκάνισοι)	anise
η γροθιά (οι γροθιές)	fist

Δ

δειλά δειλά	timidly, with trepidation
δέρνω	to beat up
διαμαρτύρομαι	to complain, to protest
διαπεραστικός/ή/ό	penetrating
διαπιστώνω	to determine, to discover
διασκεδάζω	to have fun, to be entertained

διασχίζω	to cross, to traverse
η διέξοδος (οι διέξοδοι)	escape, outlet
διηγούμαι	to tell, to recount, to narrate
δίνω σημασία	to notice, to pay attention to
ο δισταγμός (οι δισταγμοί)	hesitation
ο δολοφόνος (οι δολοφόνοι)	murderer
ο δορυφόρος (οι δορυφόροι)	satellite

Ε

ειδοποιώ	to notify, to inform
εκκεντρικός/ή	eccentric
έμπειρος/η	experienced
το εμπόδιο (τα εμπόδια)	obstacle, hurdle
εμφανίζομαι	to appear
εντυπωσιακός/ή	impressive
έξαλλος/η/ο	furious, outraged, frantic
εξαφανίζομαι	to disappear
η εξερεύνηση (οι εξερευνήσεις)	exploration
εξομολογούμαι	to confess
επεξεργάζομαι	to process
η έρευνα (οι έρευνες)	investigation, research
ερευνώ	to investigate, to research

εφηβικός/ή/ό	teenage

Θ

θάλασσα λάδι	a sea as still as the surface of oil
το θαύμα (τα θαύματα)	miracle
θαυμάζω	to admire
το θράψαλο (τα θράψαλα)	European flying squid

Ι

η ιδιοκτήτρια (οι ιδιοκτήτριες)	owner
η ισορροπία (οι ισορροπίες)	balance
η ιστοσελίδα (οι ιστοσελίδες)	web page

Κ

η καθυστέρηση (οι καθυστερήσεις)	delay
ο καλλιτέχνης (οι καλλιτέχνες)	artist
κάνω καμάκι	to hit on someone (slang)
κάνω νόημα	to signal
κάνω την πάπια	to play dumb
κατακτώ	to conquer
καταπληκτικός/ή	amazing

η κατασκήνωση (οι κατασκηνώσεις)	camp
η κατασκοπεία (οι κατασκοπείες)	spying
καταστρώνω	to plot, to devise a plan
η κατηφόρα (οι κατηφόρες)	downhill
η κατολίσθηση (οι κατολισθήσεις)	rockfall
το κατώφλι (τα κατώφλια)	threshold
το κέφι	mood, fun time (singular)
το κλαδί (τα κλαδιά)	tree branch
κλειδώνω	to lock
η κοινότητα (οι κοινότητες)	community
κολασμένος/η/ο	sinful, damned
το κολατσιό (τα κολατσιά)	snack
το κοτσάνι (τα κοτσάνια)	stem
το κούτελο (τα κούτελα)	forehead
η κραυγή (οι κραυγές)	scream

Λ

η λαιμαργία	gluttony, binge
η λεπτομέρεια (οι λεπτομέρειες)	detail

M

τα μαγειρευτά	oven-baked dishes, stews
τα μαχαιροπίρουνα	silverware
με το ζόρι	by force
μεθυσμένος/η/ο	drunken
μοναχικός/ή	loner
το μονοπάτι (τα μονοπάτια)	trail
το μπαστούνι (τα μπαστούνια)	cane, stick
μπερδεμένος/η	confused, perplexed
το μπουφάν (τα μπουφάν)	jacket, coat
μπρούμυτα	prone, face down

N

Να πάρει ο διάολος	darn it
ντόπιος/α/ο	local (person or thing)
ντροπιαστικός/ή/ό	shameful

Ξ

ξακουστός/ή	well known, famous

Ο

ομολογώ	to confess, to admit
οπλισμένος/η	armed

Π

παίρνω χαμπάρι	to figure out, to get wind of
η παράγκα (οι παράγκες)	hut
παραδίνω (ή παραδίδω)	to deliver, to surrender
παραθαλάσσιος/α/ο	seaside
ο παραθεριστής (οι παραθεριστές)	vacationer
παραπονιέμαι	to complain
ο πάταγος	clutter (mostly singular)
η πεζοπορία (οι πεζοπορίες)	hike
η πετρελαιοπηγή (οι πετρελαιοπηγές)	oil well
η πηγή (οι πηγές)	spring, source
το πίτσι πίτσι	small talk (slang)
ο πλωτάρχης (οι πλωτάρχες)	Lt. Commander (Navy)
το ποντίκι (τα ποντίκια)	mouse, biceps muscle
ο πράκτορας (οι πράκτορες)	agent
ο προπονητής (οι προπονητές)	coach
προτιμώ	to prefer
προφανές	obvious
πυροβολώ	to shoot (a weapon)

Ρ

το ρέμα (τα ρέματα)	creek

η ροδέλα (οι ροδέλες)	strip

Σ

η σανίδα (οι σανίδες)	board (surf or paddle)
σαστισμένος/η/ο	startled
σέβομαι	to respect
σκαρφαλώνω	to climb
το σκάφος (τα σκάφη)	boat, yacht
σκυφτός/ή/ό	bowed
το σοκάκι (τα σοκάκια)	alley
σπασμένος/η	broken
στεναχωρημένος/η	upset, sad, troubled
η στεριά (οι στεριές)	solid ground, ashore
το στοιχείο (τα στοιχεία)	fact, clue, element
συγκεντρωμένος/η	concentrated, focused
η σύλληψη (οι συλλήψεις)	arrest
η σύμπτωση (οι συμπτώσεις)	coincidence
συνδέω	to connect
συνέρχομαι	to recover
συνηθισμένος/η	usual, common
η σύσκεψη (οι συσκέψεις)	meeting
ο σχηματισμός (οι σχηματισμοί)	formation

Τ

η ταινία (οι ταινίες)	tape (also, movie)

ταρακουνάω	to shake someone/something
τιμώ	to honor
τολμώ	to dare
τουλάχιστον	at least
τσακώνομαι	to argue, to fight
η τυροκαυτερή (οι τυροκαυτερές)	spicy feta cheese spread

Υ

υγεία να 'χουμε	may we be healthy
υπόσχομαι	to promise
υποψιάζομαι	to suspect
υψώνω	to raise, to elevate

Φ

ο φακός (οι φακοί)	flash light
ο/η φυσιολάτρης (οι φυσιολάτρες)	nature lover

Χ

χαίρομαι	to enjoy, to be glad
χρήσιμος/η/ο	useful

ANSWER KEY

INTRODUCTION

Translation: Ο Αϊ-Γιάννης είναι ένα μικρό παραθαλάσσιο χωριό στο Πήλιο. Έχει πολλές όμορφες παραλίες και τον Ιούλιο είναι γεμάτος με επισκέπτες. Απολαμβάνουν τον καθαρό αέρα και το γαλάζιο νερό. Βόρεια από το χωριό είναι η παραλία *Πλάκα* και νότια απ' το χωριό είναι η παραλία *Παπά Νερό*. Το χωριό έχει πολλά εστιατόρια και καφέ και το καλύτερο μπαρ είναι ο *Παράδεισος*.

True or False: 1-F, 2-T, 3-F, 4-T, 5-F, 6-F, 7-F, 8-T

Comprehension:

1. Στο Πήλιο, δίπλα στη θάλασσα
2. Το χωριό είναι «μικρό» στην πρώτη πρόταση και μετά βλέπουμε ότι είναι μόνο «Ένας μοναδικός δρόμος...» στη δεύτερη παράγραφο.
3. North = Βορράς (adj. βόρειος, -α, -ο; adv. βόρεια)
   East = Ανατολή (adj. ανατολικός, -ή, -ό; adv. ανατολικά)
   South = Νότος (adj. νότιος, -α, -ο; adv. νότια)
   West = Δύση (adj. δυτικός, -ή, -ό; adv. δυτικά)
4. Δύο φορές, μία το πρωί και μία το απόγευμα
5. Το εστιατόριο *Επαμεινώνδας*

CHAPTER 1

Translation: Η ζωή στον Αϊ-Γιάννη είναι ήσυχη το καλοκαίρι. Καφέ, εστιατόρια και μαγαζιά ανοίγουν το πρωί και σιγά σιγά, οι παραλίες γεμίζουν με επισκέπτες. Μια παρέα από πέντε φίλους ξεκινάει για το πρωινό τους μπάνιο, όπως κάνουν κάθε μέρα. Βλέπουν έναν άντρα στα βράχια στην παραλία, είναι πεθαμένος. Τον ξέρουν και είναι σοκαρισμένοι. Τι μπορεί να έγινε;

Matching: Α-4, Β-3, Γ-6, Δ-1, Ε-2, Ζ-5

Etymology:

1. παραθαλάσσιος = παρά + θάλασσα
2. ψαρόβαρκα = ψάρι + βάρκα
3. καλοκαίρι = καλός + καιρός
4. αυτοκίνητο = εαυτός + κίνηση
5. σωματοφύλακας = σώμα + φυλάω
6. χρησιμοποιώ = χρήση + ποιώ
7. τυρόπιτα = τυρί+πίτα, δολοφόνος = δόλος + φόνος

CHAPTER 2

Translation: Ο Πρόεδρος και οι φίλοι του συζητούν για τον φόνο. Η Άννακα που ζει στο χωριό είδε έναν άντρα να τρέχει μπροστά απ' το σπίτι της γύρω στις πέντε το πρωί. Οι φίλοι βλέπουν το βίντεο από την κάμερα του ίντερνετ του ξενοδοχείου *Άφεσις* και βλέπουν ότι ο Ιάσονας κι ένας άγνωστος άντρας παλεύουν στην παραλία λίγο πριν τις πέντε. Τώρα έχουν ορισμένα στοιχεία και ο Πρόεδρος αρχίζει να γράφει την αναφορά του.

Time:

1. τρεις ακριβώς (or, τρεις η ώρα)
2. τέσσερις και μισή
3. τέσσερις και σαράντα ένα (or, πέντε παρά δεκαεννέα)
4. πέντε και δέκα
5. έξι παρά τέταρτο (or, πέντε και σαράντα πέντε)
6. οχτώ παρά δέκα (or, εφτά και πενήντα)

Movies in Greece: 1960, 1964, 1981, 1982, 1988, 1989, 1991, 2001, 2008, 2013, 2016, 2021

CHAPTER 3

Translation: Οι φίλοι δεν έφαγαν τίποτα όλη τη μέρα και πεινάνε. Σταματούν να φάνε πιτόγυρα στον *Λίβα*, είναι πάρα πολύ νόστιμα. Μετά πηγαίνουν πίσω στο ξενοδοχείο *Αναλένα*. Όλοι θυμούνται τον Ιάσονα και είναι στεναχωρημένοι.

Verbs: 1-λέει, 2-πες μου, 3-πούμε, 4-λέγεται, 5-θα πείτε

CHAPTER 4

Translation: Τη Δευτέρα το πρωί, οι φίλοι τρώνε πρωινό στο ξενοδοχείο και μετά πηγαίνουν στην *Πλημμύρα* για καφέ. Μια φίλη τους, η Τατιάνα, που έχει δωμάτια για τουρίστες πάνω από την παραλία *Παπά Νερό* παίρνει τηλέφωνο τον Πρόεδρο. Του λέει ότι κάποιος πέρασε από τα δωμάτιά της το βράδυ κι έκλεψε κάποια πράγματα. Άλλο ένα μυστήριο!

Greek coffee: There are many places where you can find the recipe for a frappé; for example, look here: en.wikipedia.org/wiki/Frappé_coffee

Conjunctions: 1-αφού/μόλις/όταν, 2-γιατί/επειδή, 3-Όταν/Ενώ, 4-Όταν, για να, 5-Αν και

CHAPTER 5

Translation: Οι κατασκηνωτές της ΧΑΝ γυρίζουν από το «μεγάλο σαφάρι» και έχουν φτάσει στα Καγκιόλια, πάνω από την παραλία της *Νταμούχαρης*. Ένα από τα παιδιά βρίσκει ένα ματωμένο μπλουζάκι στο χώμα. Ο αρχηγός Κοτσίδας και η παλιά Πρόεδρος Αθανασία μαζεύουν το μπλουζάκι με προσοχή για να το πάνε στην αστυνομία του Αϊ-Γιάννη.

Imperative:

- βάζε/βάζετε, βάλε, βάλ(ε)τε
- βγαίνε/βγαίνετε, βγες/βγείτε

- δίνε/δίνετε, δώσε/δώσ(ε)τε
- έρχεσαι/έρχεστε, έλα/ελάτε
- κάθεσαι/κάθεστε, κάθησε/καθήστε (κάτσε/κάτστε)
- παίρνε/παίρνετε, πάρε/πάρ(ε)τε
- πίνε/πίνετε, πιες/πιείτε
- τρώγε/τρώγετε, φά(γ)ε/φά(γε)τε
- φεύγε/φεύγετε, φύγε/φύγετε

Doesn't belong: ένα αεροδρόμιο, ένα ζεστό ντους, μια ντισκοτέκ

CHAPTER 6

Translation: Η Κίττυ πάει στην εκκλησία του χωριού για να εξομολογηθεί στον παπα-Χριστόδουλο, έναν πολύ περίεργο τύπο που έμενε στη Νορβηγία. Δεν τον βρίσκει και είναι ανάστατη. Οι φίλοι μαζεύονται στον κήπο του *Αναλένα* και συζητούν τα στοιχεία της υπόθεσης. Ο Τακ καταλαβαίνει ότι ο άγνωστος δολοφόνος πρέπει να είναι κάπου κοντά στην *Νταμούχαρη*. Πρέπει να ζητήσουν τη βοήθεια του Μιγκέλ!

Opposites:

- **Verbs:** ανοίγω/κλείνω, ανεβαίνω/κατεβαίνω, έρχομαι/φεύγω, ξεκινάω/φτάνω, ρωτάω/απαντάω, σηκώνομαι/κάθομαι

- **Adjectives**: γνωστός/άγνωστος, εύκολος/δύσκολος, παλιός/καινούργιος (or, νέος), στενός/πλατύς, τελευταίος/πρώτος, ψηλός/κοντός
- **Nouns**: ανηφόρα/κατηφόρα, είσοδος/έξοδος, ζέστη/κρύο, ησυχία/φασαρία, νότος/βορράς, τέλος/αρχή
- **Adverbs**: έξω/μέσα, μπροστά/πίσω, κάτω/επάνω, νωρίς/αργά, ποτέ/πάντοτε, σιγά/γρήγορα

Verbs:

1. πηγαίνει, βρήκε
2. θα κάνει
3. έχει ταξιδέψει, έχει δει
4. έφαγε, ήπιε, θα φάνε, θα πιούν(ε)
5. γνωρίστηκαν, συναντιούνται, θα περάσουν

CHAPTER 7

Translation: Ο Μιγκέλ είναι ένας εκκεντρικός τύπος που ζει στην άκρη της *Πλάκας* και δεν πάει στο χωριό σχεδόν ποτέ. Η Μάττυ παίρνει τη βιντεοκασέτα και το ματωμένο μπλουζάκι και πάει με τα πόδια στο σπίτι του Μιγκέλ. Ο Μιγκέλ δεν είναι χαρούμενος που τη βλέπει, αλλά ακούει την ιστορία κι αποφασίζει να βοηθήσει. Κατεβαίνουν κάτω στο υπόγειο.

Sayings:

- I play (something) crown or letters (heads or tails)
- When the cat's away, the mice dance
- Too many words are poverty
- The donkey called the rooster big-headed
- The good captain is revealed during a storm

Matching: Α-9, Β-5, Γ-7, Δ-2, Ε-4, Ζ-1, Η-10, Θ-6, Ι-3, Κ-8

CHAPTER 8

Translation: Το υπόγειο του Μιγκέλ είναι γεμάτο κομπιούτερ και ηλεκτρονικά, η Μάττυ είναι άφωνη. Ο Μιγκέλ αρχίζει να δουλεύει και μετά από δύο ώρες λύνει το μυστήριο. Ο δολοφόνος είναι ο παπα-Χριστόδουλος και τώρα κρύβεται κάπου κοντά στην *Νταμούχαρη*. Είχε δίκιο ο Τακ!

Computer terminology:

1. ανοίγει, συνδέεται, οθόνες
2. πληκτρολογεί, έγγραφα, εικόνες, ηλεκτρονικό ταχυδρομείο
3. διαδίκτυο (ίντερνετ), ασύρματη (Wi-Fi), σύνδεση

Cryptogram:

1. Ο ΑΙ ΓΙΑΝΝΗΣ ΕΙΝΑΙ ΣΤΟ ΠΗΛΙΟ
2. Η ΜΑΤΤΥ ΔΕΝ ΦΟΒΑΤΑΙ ΚΑΝΕΝΑΝ
3. Ο ΠΑΡΑΔΕΙΣΟΣ ΕΙΝΑΙ ΜΠΑΡ

CHAPTER 9

Translation: Ο Ρότζερ πάει εκδρομή με καγιάκ που ξεκινάει από την παραλία της *Νταμούχαρης*. Είναι μια πολύ ωραία μέρα και η ομάδα περνάει πολύ καλά. Κάνουν μπάνιο στη *Φακίστρα*, τρώνε κολατσιό, και μετά πηγαίνουν στον Άγιο Αθανάσιο όπου υπάρχει μια φυσική πηγή μέσα στη θάλασσα. Ένας περίεργος άντρας τους κοιτάζει από ψηλά κι ο Ρότζερ τον παίρνει βίντεο με το drone του.

Crossword puzzle:

Οριζόντια: 4. ΠΗΛΙΟ, 5. ΑΦΑΣΙΑ, 7. ΛΙΒΑΣ, 10. ΚΑΓΚΙΟΛΙΑ, 12. ΝΤΑΜΟΥΧΑΡΗ, 14. ΤΣΑΓΚΑΡΑΔΑ

Κάθετα: 1. ΠΛΗΜΜΥΡΑ, 2. ΠΛΑΚΑ, 3. ΦΑΚΙΣΤΡΑ, 6. ΑΝΑΛΕΝΑ, 8. ΠΡΟΕΔΡΟΣ, 9. ΧΑΝ, 11. ΒΟΛΟΣ, 13. ΦΑΡΩ

Doesn't belong: kayak: γιγαντοοθόνη, coffee: αλάτι

CHAPTER 10

Translation: Ο Ρότζερ βλέπει στο βίντεο του drone τον παπα-Χριστόδουλο και λέει τα νέα στον Πρόεδρο. Η παρέα πηγαίνει για φαγητό στην *Αφασία* όπου ο Σταμάτης ετοιμάζει μια νόστιμη τυροκαυτερή. Στο φαγητό, οι φίλοι σκέφτονται πώς να πιάσουν τον παπα-Χριστόδουλο. Ο Βασιλιάς φτιάχνει ένα σχέδιο για το επόμενο πρωί κι αποφασίζει ποιος θα έρθει μαζί του.

Scramble: 1-ΠΙΤΟΓΥΡΟ, 2-ΤΣΙΠΟΥΡΟ, 3-ΤΖΑΤΖΙΚΙ, 4-ΠΑΤΑΤΕΣ, 5-ΚΕΦΤΕΔΑΚΙΑ

Numbers: 1-οχτώ (or, οκτώ), 2-δεκαεφτά, 3-εκατόν τριάντα δύο, 4-τριακόσιες εξήντα πέντε

CHAPTER 11

Translation: Πολύ νωρίς το άλλο πρωί, ο Βασιλιάς, ο Σταμάτης, ο Πρόεδρος, και ο Τακ πηγαίνουν στον Άγιο Αθανάσιο με τη βάρκα του καπετάν Νικόλα. Ο Τακ μιλάει με τον παπα-Χριστόδουλο, αλλά αυτός ξεφεύγει. Όμως, έρχονται ο Σταμάτης και ο Βασιλιάς και τον πιάνουν. Τον δένουν και τον πάνε στη βάρκα.

Body parts: 1-χέρι, 2-πόδι, 3-κούτελο, μάτια/φρύδια, 4-στομάχι, 5-πλάτη, 6-κεφάλι, δόντι

Guess the word: 1-Ο ΚΑΠΕΤΑΝΙΟΣ, 2-Η ΤΑΒΕΡΝΑ, 3-ΤΟ ΜΟΝΟΠΑΤΙ, 4-ΟΙ ΠΑΡΑΛΙΕΣ, 5-ΤΟ ΚΑΡΠΟΥΖΙ

CHAPTER 12

Translation: Μέσα στη βάρκα, ο παπα-Χριστόδουλος φοβάται για τη ζωή του. Αποφασίζει να μιλήσει και να πει τι έγινε. Λέει ότι ήθελε να μιλήσει με τον Ιάσονα για το *Παράδεισος* επειδή δεν του άρεσε τι γινόταν στο μπαρ αυτό, δίπλα στην εκκλησία. Τσακώθηκαν και σκότωσε τον Ιάσονα κατά λάθος.

Idiomatic expressions:

1. Να πάρει ο διάολος, κάνεις την πάπια, πήραμε χαμπάρι
2. κάνει καμάκι, Έχουν δει πολλά τα μάτια του, φάει το ξύλο της χρονιάς του

Etymology:

- **Prefix "astro-"**: astrology = the study of stars, astronaut = sailor of stars, astrophysics = the nature of stars
- **Prefix "philo-"**: philanthropy = love of people, philharmonic = love of harmony, philosophy = love of wisdom
- **Prefix "tele-"**: telemetry = measurement from a distance, telepathy = feeling from a distance, telephone = voice from a distance
- **Suffix "-archy"**: anarchy = lack of authority, oligarchy = authority of the few, patriarchy = authority of the father
- **Suffix "-graph"**: biography = documenting a life, choreography = drawing up a dance, photography = writing with light

- **Suffix "-scope**: microscope = to observe the small things, periscope = to observe all around, telescope = to observe things far away

EPILOGUE

Translation: Το χωριό είναι ήρεμο γιατί οι φίλοι έπιασαν τον δολοφόνο. Η παρέα πάει στην *Πλημμύρα* όπως κάθε πρωί και μιλάνε για το μπάσκετ. Τότε φτάνει ο Σωκράτης με γλυκά από την Αθήνα και τον Βόλο. Όλοι μαζί θυμούνται τον Ιάσονα και υψώνουν τα ποτήριά τους για εκείνον.

NOTES

ACKNOWLEDGMENTS

My most sincere appreciation to you, dear reader, for being interested in this book! I hope you enjoyed it!

First of all, a very special thanks to my friend France Dubin for showing me the way. France is the author of an ever-growing collection of incredibly fun books in easy French. Check them out at FranceDubin.com! (Thanks also to her husband Joe for his technical assistance!)

The idea and intention for this particular book had been in the back of my head for a long time, but the book itself was very slow in coming together. It got a big push when Irini D. and I sat down one day in the beautiful setting of mountainjoy-pelion.com and brainstormed elements of the plot. Thank you, Irini!

I am grateful to Elena Chaldaiou for her (by-request) whimsical illustrations in this book. It took a lot of cajoling for her to agree to participate in this project, but I'm thrilled that she did!

At various stages of the book, a number of people, including Melina T., Niloufar L., and Astrid D. provided helpful comments, while Dimitris T. also added a few extra creative ideas. The final edits to the book were suggested by Katerina T. who kindly offered to review it after I thought that it was finally "done." It turns out that it was only really done after she had gone over it, and so, my gratitude to her as well!

Sophia T. patiently read the book several times to review all of its elements and make suggestions from the perspective of a non-native speaker. As if that were not enough, she also designed the fabulous cover! You are awesome, Sophia, thank you!

Lastly, I owe a lot of the inspiration for this book to the very special cast of characters with whom I get to spend a fun-filled week every summer in Ai Giannis, our little corner of paradise. Σας ευχαριστώ όλους!

α α ούργια α, ούργια ούργια ούργια α

ΠΗ – ΛΙ – Ο

www.ingramcontent.com/pod-product-compliance
Lightning Source LLC
Chambersburg PA
CBHW060328260626
47160CB00007B/2725